GIULIA

il battello a vapore

Paolo Colombo
Anna Simioni

IL SEGRETO DI NEFERTITI

Illustrazioni di Lilia Miceli

IL BATTELLO A VAPORE

A Giò, nato insieme a questo libro

"Credevano a un altro diverso da te,
e non mi hanno fatto del male"
Fabrizio De André, 1970

Art direction e graphic design:
Ufficio grafico Battello a Vapore - Mondadori Ragazzi

Impaginazione e redazione: Sara Signorini *e* Antonella Lavorato
Illustrazioni delle pagine finali: Giovanni Scarduelli

www.battelloavapore.it

Pubblicato per PIEMME da Mondadori Libri S.p.A.
I Edizione 2002
Nuova edizione 2020

ISBN 978-88-566-7557-3

Anno 2021-2022 Edizione 8 9 10 11 12 13 14 15 16

Finito di stampare presso Grafica Veneta S.p.A.
Via Malcanton, 2 – Trebaseleghe (PD)
Printed in Italy

N
O
E
S
Mar Mediterraneo
Delta del Nilo
Alessandria
Il Cairo
Canale di Suez
Giza
Tell el-Amarna
Karnak
Mar Rosso
Luxor
(Tebe)
Nilo
Abu-Simbel
Assuan

PARTE PRIMA

Dove un papiro scompare misteriosamente,
una tomba antica diventa una trappola di morte
e inizia la scoperta dell'Antico Egitto

Il Cairo, vista dall'alto, sembra una scena di Guerre stellari. Avete presente quando alle metropoli del futuro e alle mega astronavi si alternano pianeti desertici con improbabili popolazioni di confine? E dall'immensa distesa di sabbia spunta fuori improvvisamente una città sterminata, con case piccolissime, fitte fitte, che sembrano anch'esse di sabbia? E poi piccole oasi verdi, giardini, il fiume lungo e maestoso e ancora sabbia, distese di nulla e agglomerati di case... e gli occhi non riescono ad abituarsi a questo paesaggio inatteso, insolito, lunare.

«Il Cairo, vista dall'alto, sembra una scena di Guerre stellari.» Così pensava Aziz mentre l'aereo

scendeva e sorvolava in un ampio giro la città. In quel momento non avrebbe certo detto che Il Cairo si sarebbe rivelata un luogo pieno di scoperte mozzafiato, trame avventurose, pericoli incombenti ed enigmi soprannaturali.

1
Sorprese al Museo Egizio

Aziz, questa vacanza, se la sognava da un mucchio di tempo. Avevano un bel dire suo padre e sua madre (lei egiziana e lui marocchino) che gli immigrati come loro non si potevano permettere viaggi dispendiosi... l'idea di andare a conoscere la terra dei nonni materni era sempre stata un suo chiodo fisso. L'Egitto! L'Antico Egitto! Spesso sognava di navigare a bordo di una di quelle barche enormi e colorate con cui si spostavano sul Nilo migliaia di anni fa i faraoni e che lui aveva visto sui libri di storia. Si svegliava quasi sempre sul più bello, mentre stava mettendo piede a terra davanti a un'enorme piramide, il cui ingresso lasciava intravedere immensi tesori. Per tutto il giorno gli restava nella testa quell'immagine, e ogni volta si rafforzava in lui il desiderio di andarci, prima o poi, in Egitto.

Ma da Artoux, il paesino vicino a Parigi dove abitava, al Cairo il passo non era breve e il costo del biglietto aereo molto salato. Troppo salato per le possibilità dei suoi.

Poi, però, dopo quell'incredibile faccenda del fantasma di Robespierre*, la concessione di qualche intervista e di alcuni servizi fotografici aveva portato alla famiglia Mustafà un po' di soldi inattesi.

Così, una sera, dopo averlo chiamato in disparte con l'aria di chi ha in serbo una sorpresa, suo padre gli aveva messo nelle mani un biglietto aereo Parigi-Il Cairo-Parigi. Zio Misha, il fratello della mamma di Aziz, e famiglia erano già stati avvertiti del suo arrivo ed erano prontissimi ad accoglierlo. Il ragazzino sprizzava gioia da tutti i pori. Ma la sorpresa fu ancor più grande quando gli dissero che si erano già accordati con i genitori di Patrick... il suo migliore amico avrebbe passato qualche giorno con lui!

---

* Vedi *Il fantasma di Robespierre*, pubblicato dal Battello a Vapore nella Serie Arancio, in cui Aziz e i suoi amici sono alle prese con il misterioso caso di un fantasma... assassino!

Ad Aziz pareva di sognare. E invece... invece adesso era qui, in terra egiziana!

I primi giorni furono intensi: conoscere finalmente i suoi zii, rivedere la nonna (che era rientrata dalla Francia anni prima, quando lui era così piccolo da far fatica a ricordarsene) e visitare Il Cairo in lungo e in largo insieme al cuginetto Ibrahim... unico aspetto negativo: si era preso i pidocchi.

Eh sì, i pidocchi. Chissà dove e chissà come, non lo sapeva proprio. Fatto sta che, con suo enorme disappunto, avevano dovuto rasargli i capelli a zero: lui aveva cercato di limitare i danni, ma tutto quello che era riuscito a ottenere era che gli lasciassero un codino proprio dietro la nuca. Non era granché come acconciatura, certo, ma andava di moda e poteva anche sembrare che fosse frutto di una scelta volontaria.

Questo non evitava, però, che di fronte a ogni specchio Aziz facesse una smorfia disgustata e distogliesse gli occhi per non vedere lo scempio subìto dai suoi bei ricci.

Lo zio di Aziz faceva un lavoro incredibile e affascinante: il restauratore di mummie. Intendiamoci subito: non le mummie che ci immaginiamo di solito se pensiamo all'Antico Egitto, quelle umane, chiuse nei sarcofagi. Era qualcosa di meno clamoroso: zio Misha si occupava delle mummie di animali. Gli antichi egizi mummificavano spesso anche gli animali di casa - gatti, soprattutto, ma anche cani o uccelli - perché potessero seguire il loro padrone nell'aldilà.

Misha aveva imparato fin da ragazzino il mestiere dell'imbalsamatore; per un paio d'anni era stato anche a Parigi, con la mamma di Aziz, per perfezionarsi e col tempo era diventato piuttosto bravo. Così bravo che il museo del Cairo lo impiegava spesso come collaboratore. Il tutto era stato facilitato dal fatto che il padre di Misha - il nonno di Aziz - era stato per moltissimi anni dipendente del museo e aveva segnalato il figlio ai responsabili di quel settore.

Misha qualche volta si portava le piccole mummie in laboratorio; però più spesso le sistemava lavorando direttamente sul posto, in stanze appositamente attrezzate. Ormai era diventato uno di casa nel museo, lo conoscevano tutti, e aveva accesso praticamente a ogni area. Proprio in quei giorni, poi, gli era stato chiesto un intervento di restauro su quattro piccole mummie di falchi molto deteriorate: Misha lavorava al museo quasi a tempo pieno.

Questo aveva comportato dei bei vantaggi per Aziz, che aveva potuto gironzolare liberamente dappertutto e aveva trascorso ore davanti ai papiri coperti di geroglifici, ai preziosi sarcofagi, alle armi decorate con simboli misteriosi, ai gioielli raffinatissimi, alle statue che ricambiavano il suo sguardo con espressioni tanto vive da comunicargli sempre la stessa sensazione: che fossero gli antichi egizi raffigurati a scrutarlo, e non lui a guardare loro.

Quel giorno Aziz aveva trascorso quasi tutto il pomeriggio al museo, aspettando che lo zio terminasse un lavoro che sembrava invece non finire mai. Aziz, di solito, non si stancava di curiosare in giro, ma oggi non stava più nella pelle. La sera sarebbe arrivato Patrick, e bisognava andarlo a prendere all'aeroporto! Passeggiava da una stanza all'altra, con le mani in tasca, sostando ora davanti a una teca, ora davanti a una statua.

Pressoché in ogni sala erano state appese locandine che annunciavano una conferenza serale. Per ingannare il tempo, Aziz si soffermò a leggerle un'ennesima volta:

Museo egizio del Cairo
27 luglio 2002 h. 20.30
sala delle conferenze

Il Prof. Edward Livingstone
(Università di Gameridge)
terrà una conferenza sul tema:

Le tombe introvabili.
La riforma religiosa di Akhenaton
e il suo influsso sui culti monoteisti

Aziz si trovava negli spazi riservati ai reperti della XVIII dinastia dei faraoni. Si sentiva un forte brusio, nonostante fosse già passata l'ora di chiusura. Aziz non ci faceva caso più di tanto. Faceva caso ad altro, invece. Era tornato più volte in quella stanza da quando era stato per la prima volta al museo. C'era qualcosa che gli piaceva particolarmente. A essere più precisi, qualcosa che lo affascinava davvero. In una teca di vetro, illuminata da un faretto, c'era una scultura. La testa di una donna, scolpita nella quarzite, una pietra che ha un colore fantastico, tra l'arancione e il marrone, così caldo che sembra sabbia del deserto solidificata. E quella donna era... era... era bellissima: non c'era altro modo di descriverla. Lineamenti dolci e decisi, proporzioni perfette, labbra delicate: «Una top model» pensava Aziz ogni volta che la guardava. Ma ciò che la rendeva ancor più seducente era sapere che quella non era una donna qualunque... era Nefertiti, sovrana dell'Alto e del Basso Egitto, la moglie del faraone Akhenaton!

Aziz era capace di starsene lì a osservarla per delle mezz'ore intere, giocando con il proprio riflesso che, nel vetro della teca, si sovrapponeva alla bella testa scolpita. «A dir la verità» stava pensando in quel momento «non è che la mia immagine specchiata sia all'altezza di quella di Nefertiti». Il vetro gli rimandava il volto sparuto e olivastro di un ragazzino magro, infagottato in una maglietta troppo larga, con i capelli ridotti a un misero codino. «Gran fregatura, quei pidocchi!» stava lamentandosi, quando una voce alle sue spalle lo fece trasalire.

– *Eton, Kateaman!*

Aziz si voltò e restò a bocca aperta... davanti a lui stava Nefertiti in persona!

Lo stupore fu tale che Aziz impiegò qualche secondo per rendersi conto che non era proprio così. Che quella, cioè, non poteva essere Nefertiti in carne e ossa. Ma era bella come lei, forse anche di più. La carnagione abbronzata del volto aveva lo stesso colorito caldo della quarzite. Le uniche due differenze erano i capelli e gli occhi. La scultura non aveva né gli uni né gli altri: nell'antichità venivano spesso aggiunti alle statue come pezzi a parte, e in quel caso non si erano conservati. La ragazza che gli stava davanti invece li aveva. Eccome. Quelli non erano capelli: erano la criniera di un leone, selvaggi, neri, un'esplosione di riccioli («Ah, odiosi pidocchi!» riuscì solo a ripetersi Aziz). E quelli non erano occhi: erano gemme, verdi con pagliuzze dorate, lo sguardo di una tigre.

– *Eton, Kateaman!* – ripeté la sconosciuta, e ancora Aziz non era riuscito a richiudere la bocca e a togliersi quell'espressione ebete dalla faccia.

– *Pardon?*

– Ah, sei francese... lo sai cosa vuol dire *Eton, Kateaman*? Vuol dire "Buongiorno, piccolo faraone" in egiziano antico. Se Nefertiti - la donna che stai guardando da un quarto d'ora - ti avesse voluto salutare, probabilmente ti avrebbe detto qualcosa del genere...

E Aziz lì, con la sua mascella penzolante.

– È da un po' che ti sto osservando. Eri talmente assorto che non te ne sei neanche accorto. Com'è che un ragazzino della tua età si interessa tanto a un'opera d'arte così raffinata?

– È... è bella – fu tutto quello che riuscì a rispondere Aziz.

– Hai ragione. È bellissima. È bellissima la scultura ed era bellissima lei, Nefertiti. La leggenda dice che sia stata la sovrana più bella di tutta la storia dell'Egitto. Ma vuoi sapere una cosa? C'è un particolare che io trovo fantastico. Guarda lassù...

In alto, appesa al muro, a lato della teca di

Nefertiti, c'era la gigantesca statua a mezzo busto di un faraone: una figura strana, con il viso un po' deforme, quasi cavallino, il mento sporgente, il naso importante, le labbra troppo grosse e carnose. Ma era lo sguardo a essere particolare: sornione, penetrante. A seconda di come lo osservavi, lì, dal basso verso l'alto, poteva sembrarti severissimo oppure sorridente.

– Quello è Akhenaton. Lo sposo di Nefertiti. Vuoi che ti dica cosa trovo fantastico? Quei due secondo me si amavano alla follia. Prima di vedere queste due statue insieme avevo sempre pensato che una donna tanto bella avesse sposato Akhenaton solo perché era un potente faraone. Adesso capisco che ciò che aveva "stregato" Nefertiti non era il potere, ma l'amore. Quello vero.

Aziz non era così sicuro di avere capito.

– Guarda Akhenaton – continuò la ragazza. – Sembra che i suoi occhi si spostino continuamente da te che lo osservi al volto della sua amata, lì nella teca. Il suo è lo sguardo di qualcuno che sorride seriamente, se capisci quello che voglio dire. Lo sguardo tranquillo e sicuro di uno che ti sta dicendo: «Va bene, non sarò una bellezza, però ho sposato lei. Voi potete anche trovarmi brutto, ma questa donna bellissima mi ha scelto tra tutti quelli che poteva scegliere, e il più affascinante di voi non avrà mai altrettanto, perché io ho saputo amarla come nessun altro». La deformità di Akhenaton e l'avvenenza di Nefertiti vanno a braccetto. Non è incredibile?

Aziz faceva correre lo sguardo da Akhenaton a Nefertiti, alla sconosciuta che gli parlava.

– Adesso scusami, ma devo proprio andare. Mi stanno aspettando... – e alzando gli occhi al cielo fece cenno verso la sala vicina, dove un giovanotto basso e grassottello dall'aria strafottente guardava nella sua direzione masticando ostentatamente un chewing gum con la bocca aperta: muoveva in modo disgustoso la mascella a destra e sinistra e ad Aziz venne in mente il continuo ruminare delle mucche.

La ragazza si era già voltata per andarsene, quando il ragazzino riuscì finalmente a dire qualcosa.

– Ehi! Ehi! Scusa! Ma perché mi hai chiamato piccolo faraone?

– Ah già, – sorrise lei – basterebbe che facessi caso alle raffigurazioni che ci sono qui in giro e lo capiresti da solo. Ai figli dei faraoni venivano rasati i capelli. Gli si lasciava solo un codino. Così, quando ti ho visto, ho pensato che somigliavi a uno di loro...

Aziz restò a guardarla mentre se ne andava

in tutta fretta. Si accorse di non averle neanche chiesto come si chiamava. Le domande gli si affollavano nella mente... «Come faceva a sapere tutte quelle cose sulla storia dei faraoni? Cosa ci faceva una ragazza bella come lei tra mummie e sarcofagi? E soprattutto, com'è che sapeva anche l'egiziano antico?» pensò aggiustandosi il codino di capelli un po' più di lato. In ogni caso gli rimaneva una certezza: i pidocchi non gli stavano più così antipatici.

La sala delle conferenze era già affollata da un pezzo. Il pubblico ingannava l'attesa chiacchierando. Al tavolo dei relatori, il direttore del museo, che doveva introdurre l'intervento del professor Livingstone, si guardava attorno, tamburellando nervosamente sul piano. Man mano che il tempo passava, i presenti cominciarono a rumoreggiare, spazientiti. Ma iniziare in ritardo, si sa, è un'abitudine diffusa tra gli accademici. Quando però il ritardo raggiunse la mezz'ora, ci si rese conto che qualcosa non andava.

Un impiegato venne allora mandato alla ricerca del professore. Dopo qualche minuto si udirono dei richiami, cominciò un concitato andirivieni di persone e il direttore - dopo aver parlato sottovoce con un suo assistente - uscì dalla sala con passo affrettato ed espressione preoccupata. Poi fecero la loro comparsa anche un paio di agenti di polizia.

Cominciò a circolare voce che Livingstone era stato trovato svenuto nel piccolo studio messogli a disposizione dal museo. Quando aveva ripreso i sensi non aveva saputo spiegare cosa fosse successo; ricordava solamente che era seduto alla scrivania a studiare un papiro assai raro che gli era stato consegnato poco prima della conferenza. Non si era accorto di far tardi. Rammentava bene di avere iniziato a leggere pian piano, a bassa voce, una serie di geroglifici, perché non riusciva a comprendere cosa significassero. E, infatti, leggerli produceva suoni privi di senso. O almeno così gli era sembrato. Era il suo ultimo ricordo.

Ma il professore era stato trovato riverso a terra, piuttosto distante dalla sua sedia. E non si capiva come ci fosse arrivato.

E poi era successa una cosa ancor più sorprendente: del papiro - che il professore era sicuro di aver srotolato sulla scrivania - non c'era più traccia.

Nella stanza tutto era apparentemente in ordine e nulla faceva pensare che vi fosse entrato qualcuno. Ciò nonostante la polizia ritenne opportuno perquisire minuziosamente tutte le persone presenti nel museo prima di lasciare che se ne andassero. Ma l'antico papiro sembrava essersi volatilizzato.

La conferenza fu sospesa e rinviata a data da destinarsi, perché il professor Livingstone venne portato all'ospedale per verificare le sue condizioni di salute («e per accertare che non fosse un po' picchiato in testa» commentò il commissario che ne aveva raccolto la deposizione). Si sarebbe saputo solo il giorno dopo che il professore era perfettamente lucido di mente e che non c'erano segni visibili di un'eventuale aggressione. Ma quella sera non c'era stato bisogno di aspettare i pareri dei medici: già qualcuno aveva lasciato il museo bisbigliando di una strana formula antica che, posta a difesa del mistero nascosto fra i geroglifici, aveva fatto perdere conoscenza al professore, forse l'aveva fatto levitare per la stanza, e in ogni caso aveva fatto sì che il papiro sparisse nel nulla, portandosi il suo segreto con sé.

2

Un faraone diverso da tutti gli altri

Anche Aziz e lo zio erano stati perquisiti. Ma, naturalmente, non gli era stato trovato addosso nulla di compromettente. E adesso, circa un'ora dopo, Aziz se ne stava seduto nella sala d'aspetto dell'aeroporto, tutto elettrizzato. Per l'arrivo del suo amico, certo, e per l'eccitazione di quella vacanza da passare insieme. Ma soprattutto per la voglia di raccontargli quel che era successo poco prima al museo. Gli sembrava tutto molto strano e non vedeva l'ora di ragionarci sopra con Patrick.

Ma le cose importanti non si spiattellano così, davanti a tutti. Anche Patrick sembrava pensarla allo stesso modo, e quando uscì dall'area ARRIVI INTERNAZIONALI dell'aeroporto scambiò con Aziz solo qualche sguardo e poche parole. Visti da fuori sarebbero potuti passare per due estranei, e invece a loro veniva del tutto naturale comportarsi così: c'è un atteggiamento e un modo di comunicare in presenza dei grandi e un altro quando si è da soli. Toccò allo zio Misha reggere la conversazione, facendo il cicerone per Patrick, indicando ora a destra ora a sinistra i monumenti che incontravano e la loro storia.

A casa, a cena, Patrick fu assalito dalle domande della zia, della nonna e del cuginetto Ibrahim. Aziz se ne stette pressoché in silenzio, a parte i momenti in cui il francese approssimativo della zia e del cugino lo costringevano a fare da interprete.

Ma poi, finalmente, i due si ritrovarono da soli nella stanza preparata per loro. Spensero la luce perché tutti pensassero che si erano messi a dormire e... via!, partirono con una di quelle chiacchierate che si fanno solo al buio, da un letto all'altro, sottovoce, con la sensazione che lo spazio attorno si dilati e il tempo non stia passando. E quando poi cominciarono con le fantasticherie e le ipotesi intorno alla vicenda del professor Livingstone, il tempo divenne proprio l'ultimo dei loro pensieri.

Era quasi l'alba quando finalmente si addormentarono, dopo aver deciso che la prima cosa da fare al mattino era andare al museo, perché

Patrick potesse osservare in presa diretta il luogo di quella misteriosa vicenda.

Finì che, ovviamente, si svegliarono tardi. Zio Misha, molto gentilmente, li aveva aspettati per accompagnarli. Fecero una bella colazione con dolci al miele e arrivarono al museo a mattina avanzata.

La prima cosa che notarono furono i manifesti annuncianti la conferenza del professor Livingstone: non erano stati rimossi, ma ognuno era adesso attraversato da una striscia di carta colorata con la scritta RINVIATA. Come mai non era stata fissata una nuova data? Aziz diede di gomito a Patrick e gli indicò il professor Livingstone che percorreva di fretta il grande atrio d'ingresso. Ma il professore non era solo: e quale fu lo stupore di Aziz nel notare che alla sua destra procedeva con passo deciso la Nefertiti incontrata il giorno prima!

– È lei! La ragazza di cui ti ho raccontato!

– Quella con tutti quei capelli?

– Sì, quella!

– Be', certo è messa meglio di te, quanto a capigliatura... e l'altro chi è?

Alla sinistra del professore trotterellava con andatura da papera il giovanotto basso e grasso del giorno prima.

A guardarlo meglio, era difficile dire che età

avesse, perché il viso, segnato da occhi piccoli e puntuti incorniciati da larghi occhiali, avrebbe potuto essere quello di un adolescente brufoloso, mentre il corpo era quello di un adulto. Come al solito ruminava gomma.

– Chi è? Una mucca bassa e grassa, direi – rispose Aziz, osservando i tre che si allontanavano tra le statue del primo corridoio.

L'istinto sarebbe stato di seguirli, ma proprio in quel momento un impiegato del museo sbucò davanti a loro fermandosi a parlare con lo zio. Non si poteva certo scivolare via e andarsene così, senza dir niente. Ma il disappunto si tramutò presto in accesa curiosità nel sentire cosa raccontava l'impiegato.

– Hai già saputo le novità, Misha? – e fece un cenno col capo nella direzione in cui si era dileguato Livingstone. – Non è sparito solo il papiro... pare che quel Livingstone si sia reso conto stanotte che ieri si sono volatilizzate anche le sue carte, quelle che avrebbe usato per la conferenza. Per questo ha chiesto di rimandarla; ha detto che andrà a casa sua, in Inghilterra, a recuperare delle copie di tutto il materiale e poi tornerà qui... cosa di pochi giorni, dice. Adesso è andato con i suoi due assistenti dal direttore del museo per concordare la cosa.

– Certo che… prima il papiro magico, poi le carte che spariscono. Un bel mistero… – sfuggì ad Aziz.

– A sentire Livingstone non si direbbe. Sostiene che è roba da nulla. Non vuole che si faccia pubblicità alla faccenda: l'unica cosa certa, dice, è che non trova più le carte. Forse le ha perse nel trambusto, oppure le ha messe da qualche parte e non se lo ricorda più. Ma non si deve sapere in giro: la notizia deve rimanere segreta. Quindi acqua in bocca! Ci vediamo, Misha!

Lo zio restò con un mezzo sorriso sulle labbra, mentre l'impiegato si allontanava. – Avrete capito, ragazzi, che qui da noi è difficile evitare che una notizia si diffonda. Un segreto dev'essere molto, molto segreto, perché resti tale…

E Patrick notò che, sulla faccia di Misha, di sorriso non ce n'era più neanche mezzo.

Lo zio raggiunse il proprio laboratorio e li lasciò liberi di gironzolare a piacimento. Aziz trascinò immediatamente Patrick nella sala di Akhenaton e Nefertiti, dove cominciò a raccontargli la storia della coppia di faraoni che più di tre millenni prima aveva regnato sull'Egitto.

– Ma allora è proprio una mania, piccolo faraone! –. Una voce li fece trasalire.

Aziz si voltò. Sembrava un incantesimo: Nefertiti era ricomparsa di nuovo alle sue spalle.

– Ma dico, con tutte le meraviglie che ci sono in questo museo, ti ritrovo sempre qua!

La risposta fu immediata: – Se è per questo, anche tu bazzichi sempre da queste parti...

– Eh già... hai ragione. Però c'è una spiegazione: la vedete quella porticina là in fondo? È un passaggio all'ufficio dove vengo a studiare. Da lì il percorso per l'uscita del museo è molto più rapido...

– Tu studi qui? – chiese Patrick.

– Sì, e da un bel po' di tempo, ormai. Faccio ricerche per conto del professor Livingstone, quello della conferenza di ieri. Anzi, – aggiunse rivolta ad Aziz – è proprio un peccato che tu non l'abbia potuta ascoltare: ti avrebbe sicuramente interessato.

Allo sguardo perplesso dei due, la ragazza continuò.

– Come, non lo sapevate? La conferenza di Livingstone era proprio sul mistero delle tombe di Akhenaton e Nefertiti. Sono praticamente le uniche due tombe di faraoni che non solo non sono mai state ritrovate, ma delle quali secondo alcuni non è ancora stata individuata una traccia sicura. C'è una storia piuttosto complicata, dietro, e il professore ha una sua teoria in proposito.

Avrebbe voluto parlarne ieri sera: ma, visto come sono andate le cose, dovrete aspettare un po' per saperne di più.

Aziz non aveva mai pensato che assistere a una conferenza potesse sembrargli così allettante.

– In ogni caso, se volete chiacchierare ancora, ora sapete dove trovarmi. Mi chiamo Margot...

– E io Aziz.

– E io Patrick.

– Ora scusatemi, ma devo scappare. Mi aspetta la polizia per una deposizione circa la faccenda del papiro scomparso... avessi saputo che finiva così, l'avrei lasciato dove stava...

– Cosa vuoi dire?

– Niente di importante: solo che sono stata io a individuarlo in un gruppo di reperti non ancora catalogati e a segnalarlo al professor Livingstone... ma a volte certe cose hanno una vita migliore e più lunga se non vengono scoperte... be', ci vediamo!

I due rimasero da soli.

– Di' un po', Aziz, ma com'è questa storia del piccolo faraone? – domandò Patrick.

Aziz diventò tutto rosso: – Sciocchezze, dopo ti racconto. Piuttosto, chissà come fa Margot a parlare così bene il francese...

– Mi sa che il modo migliore per saperlo è andarglielo a chiedere – commentò Patrick. – Sembra che di cose interessanti, oltre alle lingue, la signorina Margot ne sappia molte.

La sera, a casa, mentre attendevano il ritorno di zio Misha, Aziz e Patrick raccontarono alla zia e alla nonna gli avvenimenti della giornata. Tra le altre cose accennarono all'incontro con Margot e a come Aziz l'aveva conosciuta.

– Così ti piace tanto la storia di Nefertiti e di Akhenaton, eh? – disse la nonna con un sorrisetto complice sulle labbra. – Ih! Ih! Ma guarda un po'...

Aziz e Patrick si guardavano senza capire.

– Be', vieni, che ti mostro una cosa.

La nonna si alzò un po' a fatica, lentamente come faceva sempre, tenendosi una mano sulla schiena: – Ohi ohi! Le mie vecchie ossa! Non sono più quelle di una volta! – e pian piano si diresse verso una stanza della casa un po' defilata, una stanza che Aziz aveva già intravisto ma dove, si rese conto, non aveva messo piede fino a quel momento. Aveva solo notato che era piena di libri. – È una piccola biblioteca di famiglia – commentò la nonna aprendo la porta.

A dir la verità non era tanto piccola, e Patrick si accorse immediatamente che c'erano anche volumi di un certo valore; in ogni caso libri anche piuttosto antichi. Ma il fatto più curioso era che, osservando con maggior attenzione, si scopriva che quasi tutti i testi lì raccolti riguardavano l'Antico Egitto, e in particolare il periodo del regno di Akhenaton e Nefertiti.

– Ih! Ih! Ih! – ridacchiò la nonna. – È una passione della famiglia Aghagh. Ce l'hanno un po' tutti nel sangue. Si vede che è arrivata anche a te. Già il padre e il nonno di tuo zio Misha, e non so bene quanti prima di loro, amavano la storia di quei due faraoni un po' strani, diversi da tutti gli altri. E così si arrabattavano a mettere insieme le cose che venivano scritte su di loro. La biblioteca è cresciuta nel tempo e nell'insieme, oggi, possiamo dire che non è niente male. Se uno vuol farsi una cultura su Nefertiti, questo è il posto giusto. Ih! Ih! Ih!

Patrick aveva sfilato dagli scaffali un grosso volume rilegato in pelle. Risaliva a più di un secolo prima! – Vuole dire che, per generazioni, avete messo insieme tutti i libri su uno stesso argomento? Una specie di.. di fissazione.

– Ih! Ih! Fissazione… sì, chiamala fissazione, se vuoi; ma, sapete, la storia di Akhenaton e Nefertiti è qualcosa di veramente fuori del comune: quando te la raccontano bene è difficile non farsi venire una… come l'hai chiamata? Una fissazione. Io la sentii per la prima volta dal padre di mio marito:

era così bravo che sarei restata ad ascoltarlo per ore...

– E... come sarebbe questa storia? – chiese Patrick.

– Be', ih ih! Forse non tocca a me raccontarvela. Eh no! Non tocca proprio a me.

Sulla porta era comparso lo zio Misha, che li guardava con fare sornione.

– Dovete sapere – cominciò lo zio una volta che si furono tutti seduti attorno al tavolo – che Akhenaton era un faraone davvero eccezionale. Sotto il suo regno, l'Egitto controllava un territorio sconfinato che andava dalla Nubia, una regione dell'Africa nord-orientale, fino a buona parte delle coste mediterranee: tanto per capirci, si estendeva per esempio a comprendere la Galilea e la Palestina, le culle della civiltà ebraica e della religione cristiana, cioè zone che saranno importantissime per la storia a venire.

– Quindi fu un grande condottiero?

– Non direi... per quanto potente, Akhenaton non merita di essere ricordato per i successi militari e l'influenza politica, ma piuttosto per le novità che cercò di introdurre per la prima volta in campo religioso. Penso saprete che gli egizi, come praticamente tutti i popoli dell'antichità, erano politeisti, cioè adoravano contemporaneamente molti dei.

Iside e Osiride, Thot con la testa di ibis, Apis con l'aspetto di toro, Sobek il dio-coccodrillo...

– E Amon, il dio del Sole! – aggiunse Aziz.

– E Anubi, il dio dei morti e dell'oltretomba! – intervenne Patrick.

– Esattamente – proseguì Misha. – E al momento dell'avvento al trono di Akhenaton, che a quel tempo non si chiamava ancora così, gli dei erano tantissimi e in un modo o nell'altro avevano appunto a che fare con la morte e la vita nell'oltretomba. Insomma: una religione molto complicata e un po' opprimente che Akhenaton, nei suoi primi anni di governo, comunque rispettò. Però non amava tutte quelle divinità così poco collegate con la vita terrena. Non gli piaceva neanche che i sacerdoti fossero gli indispensabili intermediari tra gli uomini e gli dei, quasi rendendo i riti più complicati possibile. Forse, così, cercavano di giustificare il loro mestiere.

– Ma il faraone non era considerato un dio da tutti i sudditi? Anche lui aveva bisogno dei sacerdoti per pregare e onorare gli altri dei?

– In effetti proprio questo contribuì alla drastica reazione di Akhenaton. Da faraone-dio inventò una nuova religione che non prevedeva più tante complicazioni e figure divine: Dio era uno e uno solo, Aton, il Sole, e per pregarlo non c'era bisogno di chiedere l'intervento dei sacerdoti. Potevano farlo direttamente lui e i suoi familiari. Aton portava la luce e la vita a splendere ogni giorno sulla terra e questo era il vero mistero da onorare.

– Fu una specie di rivoluzione!

– Eh sì, una rivoluzione: un modo molto moderno di intendere il rapporto con Dio. E per rendere concreto e visibile questo profondo cambiamento Akhenaton prese una decisione coraggiosa: abbandonare i palazzi e i templi magnifici edificati dai suoi predecessori e costruire da zero una nuova capitale, dedicata completamente al nuovo dio. Cambiò nome da Amenofi in Akhenaton (che vuol dire "figlio di Aton") e volle palazzi e templi che non fossero più chiusi e bui ma sempre aperti alla luce solare: senza tetti o soffitti, come grandi e magnifici cortili a cielo aperto.

– E in tutto questo Nefertiti cosa c'entra?

– Be', anche Nefertiti non è stata una regina qualunque. Intanto era bellissima, e questo già lo sapete. Era figlia di un funzionario di corte: incontrò Akhenaton e si innamorarono. Quando si sposarono, il rapporto tra loro due fu qualcosa di molto nuovo. Le mogli dei faraoni non avevano nessun compito rilevante, tanto meno politico o di governo: pensate che, nelle raffigurazioni artistiche, venivano sempre rappresentate con dimensioni più piccole di quelle dei mariti.

– E per Nefertiti le cose non vanno così?

– Certo che no. Nefertiti viene raffigurata alla pari di Akhenaton. E non solo, anche in atteggiamenti e situazioni fin lì esclusivamente proprie dei faraoni maschi: combattere, cacciare, giudicare i prigionieri, guidare un carro... cose così. Non era mai successo prima.

– Una vera dura! – commentò ridendo Patrick.

– Chi lo sa... forse no: il fatto è che Akhenaton la riconosceva come sua compagna in tutto e non gli sembrava concepibile che qualcosa fosse vietato alla regina per il solo fatto di essere donna. Ma, a parte questo, l'arte del periodo di Akhenaton fu, per certi versi, ancora più rivoluzionaria nel prendere a modello anche scene della vita privata della famiglia reale. I faraoni si mostravano, nei dipinti e nei bassorilievi, come uomini comuni, e non come dei inavvicinabili o sovrani distanti dal popolo. Cose del genere non si erano mai viste!

– Un bel cambiamento...

– Ma destinato a durare pochissimo: dopo la morte di Akhenaton e Nefertiti tutto tornerà come prima...

Il giorno successivo, il cuginetto Ibrahim aveva organizzato per Aziz e Patrick una gita coi fiocchi. Li fece salire di primo mattino su una vecchia corriera scassata, piena di gente fino all'inverosimile, che però cominciò a svuotarsi quando si avvicinò alla periferia della città. Scesero proprio al capolinea, in un posto che sembrava privo di qualunque interesse: quattro baracche, sterpaglie e molta sabbia.

Ma Ibrahim sembrava sicuro di sé: – Tranquilli, ci sono venuto a giocare mille volte...

Li guidò in una lunga camminata verso una macchia di verde in lontananza. Arrivarono tutti sudati, ma ne era valsa la pena: un'oasi! Un'oasi vera e propria! Come si vedono nei film. Fecero il bagno nella pozza d'acqua dolce, si inseguirono sulle dune, se ne rimasero all'ombra delle palme nelle ore caldissime del mezzogiorno.

– Certo che questo sole è micidiale...

– Hai ragione. È una delle prime cose che ci insegnano, da queste parti, – disse Ibrahim – fare attenzione al sole: è capace anche di ucciderti, sapete?

– Non è così strano, se ci pensate, – intervenne Patrick – che Akhenaton vedesse nel sole il suo dio: qui in Egitto è così potente che i suoi raggi possono portare persino la morte...

– Certo: portano la morte e la vita, esattamente come fa un dio. Avete visto su quei libri che abbiamo sfogliato ieri sera: Akhenaton faceva proprio raffigurare i raggi solari come tante braccia che si allungavano dal cielo verso la terra. Braccia che terminavano con mani fatte così, a cucchiaio, come facciamo noi quando vogliamo raccogliere dell'acqua nel palmo. Insomma, mani che portano qualcosa agli uomini...

Attraverso le foglie delle palme filtravano tanti raggi. I ragazzi rimasero lì un po', affascinati, a guardarli.

– Sapete cosa ci stanno portando, adesso, questi raggi? – chiese Patrick saltando in piedi e sfilandosi la maglietta. – Il caldo giusto per farci un altro bel bagno! L'ultimo che si tuffa è una mummia puzzolente! – e si precipitò a rotta di collo verso l'acqua, seguito dalle urla degli altri due.

Sul finire del pomeriggio fecero la strada a ritroso, ripresero la corriera e rientrarono al Cairo. Come facevano spesso, andarono a prendere lo zio al museo. Aziz e Patrick ne approfittarono per fiondarsi subito alla ricerca dell'ufficio di Margot.

Ci misero un po' a trovarlo. Era in un'ala vecchia e non ancora rinnovata del museo, infilato tra corridoi coperti da scaffali, a loro volta riempiti di scartoffie impolverate. Dove non c'erano scaffali, le pareti erano occupate da armadi giganteschi, resi spettrali dalle luci al neon. Nei muri scrostati e anneriti di questi lunghissimi corridoi, senza una logica, si aprivano di tanto in tanto delle porticine di legno. A lato di una di queste Patrick vide una piccola targa con la scritta:

Dott.ssa Margot Simenon
Dipartimento di Papirologia

Patrick fece un fischio di richiamo: – Ehi, Aziz! L'ho trovata!

Una volta entrati, l'ufficio si sviluppava tutto di lato, sulla sinistra, senza altre aperture: era stretto e lungo, pieno di libri e documenti. In fondo c'era una scrivania coperta di carte e, dietro la scrivania, stava seduta Margot che li accolse con un magnifico sorriso. Aveva i capelli raccolti in una coda dietro la nuca e in quel modo, pensò Aziz, assomigliava ancor di più alla statua di Nefertiti.

– Ma guarda un po'! Il mio piccolo faraone e il suo amico! Come va?

Li fece sedere e Patrick le chiese: – Ho visto che ti chiami Simenon: è un cognome francese... è per questo che parli così bene la nostra lingua?

– Indovinato. Mio padre venne in Africa a combattere con le truppe francesi durante la Seconda Guerra Mondiale e finì che si innamorò di questa terra e non se ne andò mai più. Per la verità si innamorò anche di mia madre e questo ebbe il suo peso nella decisione. Fatto sta che ho un papà francese, per cui parlo francese, una mamma egiziana, per cui parlo egiziano, e ho imparato l'inglese studiando in Inghilterra col professor Livingstone.

«Bella cosa parlare tante lingue» pensò tra sé e sé Patrick. «Se voglio fare il giornalista, credo che dovrò migliorare da questo punto di vista. Per cominciare potrei rispolverare l'italiano imparato dalla mamma.»

– Allora, – riprese Margot – sempre appassionati di Nefertiti?

– Cavoli! Abbiamo saputo un mucchio di cose su di lei e su Akhenaton... – e Aziz spiegò quanto aveva raccontato lo zio la sera prima.

– Certo che erano proprio potentissimi, questi faraoni! – sbottò Patrick. – Potevano svegliarsi un mattino e decidere di cambiare la religione di tutti i sudditi. Potenti e capricciosi...

– Dipende dal punto di vista – rispose Margot. – Secondo alcuni, Akhenaton era in effetti un pazzo megalomane, secondo altri era un utopista, cioè uno che immaginava cose affascinanti ma irrealizzabili. Il professor Livingstone, invece, ha una sua teoria tutta particolare, secondo cui Akhenaton non sarebbe un caso di sovrano stravagante...

– A proposito. Se c'è una cosa che non ci è chiara – la interruppe Patrick – è la storia delle loro tombe. Alcuni sostengono di averle individuate, ma poi dicono che non ci sono elementi per attribuirle con certezza a Nefertiti e Akhenaton. Tu hai detto che non le hanno mai trovate...

– In effetti è una faccenda piuttosto complicata, e secondo il professor Livingstone avrebbe anche a che fare con le idee religiose di Akhenaton. Anzi: forse vi incuriosirà sapere che ho proprio qui nel cassetto qualcosa che potrebbe interessarlo moltissimo. Magari, se fate i bravi, ve la mostro. In ogni caso posso confidarvi che ritiene di essere molto vicino a identificare la tomba di Nefertiti...

Appena Margot pronunciò quel nome, la stanza piombò nel buio.

Quando la luce andò via, ci fu un lungo silenzio imbarazzato. Aziz e Patrick provarono subito un senso di fastidio, come se quell'oscurità potesse nascondere qualche pericolo: naturalmente, entrambi si guardarono bene dal dirlo. Non volevano fare la figura dei fifoni. Per fortuna ci pensò Margot a rompere il silenzio: – Nessun problema: è un inconveniente abbastanza frequente. L'impianto elettrico di questa ala del museo è vecchissimo, e sono più le volte in cui la centralina salta di quelle in cui funziona! Basta aspettare un po' e vedrete che la luce tornerà.

A dir la verità aspettarono ben più di un po', ma la stanza restava al buio. E Aziz e Patrick avevano un bel spalancare gli occhi e girare la testa di qua e di là... non si vedeva un accidente!

L'attesa cominciava a farsi pesante.

Fu ancora Margot a parlare: – Va be', non abbiate paura. Magari non si è accorto nessuno del problema. Sarà il caso di andare in corridoio e dare una voce ai guardiani... – e si sentì il rumore della sedia spostata dalla ragazza per alzarsi.

– Lascia stare, – la anticipò Patrick, che era il più vicino alla porta – vado io, non ho paur...

Patrick fece due passi alla cieca verso l'uscita, ma le parole gli si troncarono in bocca perché - avrebbe potuto scommetterci - sentì che davanti a lui, nel buio, la porta si apriva da sola. Non ci furono rumori, ma probabilmente anche Aziz e Margot ebbero la stessa sensazione, perché nessuno dei due fiatò. Patrick si immobilizzò, quasi a mimetizzarsi con l'oscurità. Ma tutti i suoi sensi erano tesi a capire cosa era entrato nella stanza. Avvertiva una presenza lì davanti, a pochi centimetri. E avrebbe giurato che - qualunque cosa fosse! - anche ciò che gli era di fronte stava tentando di individuarlo.

Il tempo sembrava non passare mai. Erano

trascorsi pochi secondi o qualche minuto? E perché Margot non diceva niente? D'un tratto a Patrick parve di sentire un alito d'aria, come se qualcosa si fosse mosso repentinamente o lo avesse sfiorato. Le sue narici percepirono per un istante un odore strano, forse un profumo: esotico, diverso, intenso ma delicato, assomigliava a quello lasciato in cucina dal tè al gelsomino che beveva spesso sua madre, però più amaro. Forse ci fu un lievissimo rumore, ma non avrebbe potuto giurarlo: e in ogni caso era già lontano. Patrick non sapeva perché, ma era sicuro che adesso erano soli nella stanza. Ciò nonostante, nessuno si mosse per un bel po'. E quando, di colpo, tornò la luce, trasalirono tutti e tre. Si guardarono in faccia. Chissà se era il neon o lo spavento, ma i tre visi sembravano più pallidi del normale.

– C'era… qualcuno, qui dentro, poco fa… – disse Margot.

– C'era… qualcosa, qui dentro, poco fa… – disse contemporaneamente Aziz.

Patrick, zitto, era quello con la faccia più bianca.

– Signorina Simenon! Tutto a posto? – si sentì gridare nel corridoio. – Non abbiamo capito cosa sia successo… non era la solita centralina a essere saltata… probabilmente qualche interruttore di sicurezza in qualche ufficio ha fatto corto circuito…

Dalla porta fece capolino la testa di uno dei

custodi del museo: – Per questo non è tornata la luce come al solito... ma... signorina Simenon... c'è qualcosa che non va?

Il custode li guardava incuriosito.

– Niente, niente. Tutto ok – rispose Margot sciogliendo la coda e ravviandosi i capelli. – La ringrazio. Va tutto bene.

Il custode fece una smorfia poco convinta e se ne andò.

Margot si accorse che Aziz e Patrick la fissavano. – E cosa volevate che facessi? Che gli dicessi che mi era entrato qualcosa nell'ufficio mentre ero al buio? Per una donna è già abbastanza difficile fare il lavoro che faccio senza passare per una che si spaventa ogni volta che salta una lampadina... e poi, forse, non avrebbero tutti i torti a pensarlo: magari ci siamo fatti suggestionare...

Ma ad Aziz sembrò che Margot stesse solo cercando di tranquillizzarli.

– Ragazzi! Dove siete finiti?! Aziz! Patrick!

Da qualche parte si sentì lo zio Misha che li chiamava. I due ragazzi salutarono frettolosamente Margot e schizzarono fuori. Non vedevano l'ora di andarsene da quel posto.

Solo più tardi, a casa, si resero conto che la chiacchierata interrotta con Margot aveva lasciato un mucchio di cose in sospeso.

3

Abu Simbel

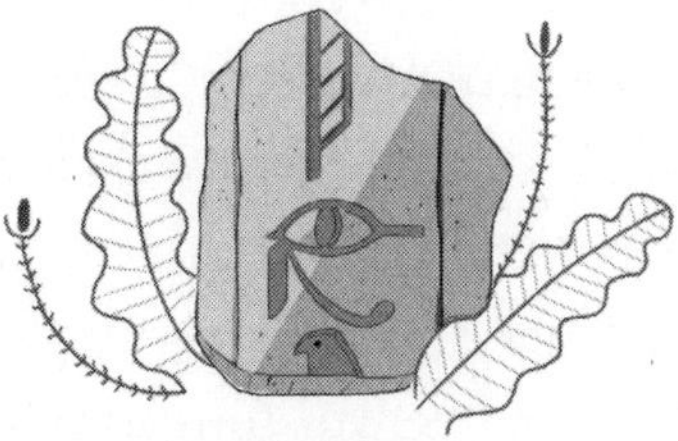

A onor del vero bisogna dire che non era stato solo lo spavento a distrarre Aziz e Patrick. Lo zio aveva in serbo una sorpresa favolosa. Un suo conoscente aveva prenotato per la propria famiglia una gita ad Abu Simbel, un fantastico sito archeologico in mezzo al deserto. Ma il figlioletto si era preso una brutta febbre e così i suoi programmi erano saltati. Aveva allora proposto a Misha di andare al loro posto. Sarebbe stata la ciliegina sulla torta della vacanza di Aziz e Patrick. E così l'indomani stesso sarebbero partiti per una gita di tre giorni in uno dei luoghi più affascinanti dell'Egitto!

– Abu Simbel racchiude una storia che ha dell'incredibile. Una storia antichissima, ma in un certo senso anche molto recente. Negli anni Sessanta del secolo scorso – raccontò Misha mentre sorvolavano l'immensa distesa rossa del deserto – si decise di costruire un'enorme diga al centro del percorso del Nilo. In questo modo, dopo migliaia di anni di inondazioni, si sarebbero potute finalmente controllare le piene del fiume e al tempo stesso, con delle nuove centrali, si sarebbe potuta produrre energia idroelettrica in quantità. Fin qui, tutto bene. Il problema stava nel fatto che alcuni grandi e bellissimi templi dell'epoca faraonica si trovavano proprio nell'area che avrebbe dovuto essere coperta dall'acqua. Come fare? Non si poteva lasciare che venissero sommersi. Il progetto sembrava destinato a fallire. Accadde però qualcosa di straordinario: un po' dappertutto, nel mondo, ci si mobilitò per affrontare la questione e arrivarono in Egitto finanziamenti, esperti, macchinari speciali... insomma: i templi furono smontati pezzo per pezzo in migliaia di pesantissimi blocchi di pietra e rimontati su un'altura vicina, dove le acque della diga non sarebbero arrivate. Vedrete che roba! – concluse lo zio.

E quando Aziz e Patrick videro, restarono davvero a bocca aperta. Lo spettacolo era eccezionale. I due templi erano stati ricostruiti esattamente come erano in origine, con le gigantesche statue del faraone Ramses II che affiancavano gli ingressi. Davanti, si estendeva il lago artificiale più grande del mondo: il lago Nasser! E, attraccate a riva, c'erano delle capienti navi-albergo dove anche Misha e i ragazzi avrebbero trascorso la notte.

Era ormai pomeriggio e i tre ebbero appena il tempo di visitare l'interno dei templi insieme a centinaia di altre persone prima di prendere possesso della loro cabina, farsi una doccia e ordinare una buona cena.

– Certo che – disse Patrick mentre si riempiva il piatto con cucchiaiate di riso speziato – se ci sembra incredibile che si sia riusciti a spostare questi monumenti con le conoscenze tecniche di oggi... be', pensate che sforzo immane deve essere stato costruirli tremila anni fa!

– Per gli antichi egizi, però, era abbastanza normale compiere imprese del genere con il lavoro di migliaia di operai: basti pensare alle piramidi! – replicò Aziz.

– In ogni caso – concluse Patrick – è buffo che tanti uomini abbiano fatto una fatica simile per costruire qualcosa in un posto per poi vederselo spostare in un altro...

– Non hai tutti i torti, Patrick – intervenne Misha. – Penso spesso a cosa sarebbe successo se i templi fossero restati al loro posto e mi sorprendo a credere che forse sarebbero stati meglio. Avrebbero riposato sott'acqua, nel posto dove erano nati ed erano rimasti per migliaia di anni, al riparo da tutto e da tutti: al riparo dalle macchine che li hanno demoliti e poi ricomposti, dalla pubblicità delle agenzie di viaggio, dall'assalto dei turisti...

– Ma zio, cosa dici! – esclamò Aziz. – Dei monumenti così importanti persi per sempre! La gente ha il diritto di conoscerli.

– Non fraintendermi, Aziz. È vero quello che dici. È bello che tante persone possano ammirare le testimonianze del passato. Però ho come l'impressione che si stia esagerando: troppi turisti, troppi viaggi, troppi souvenir... troppo tutto. C'è il rischio che non si comprendano più i luoghi che si visitano. A volte, sai, quando vedo un reperto archeologico o un'antica opera d'arte strappata alla sua collocazione naturale e messa dietro un vetro in un'esposizione, mi vengono in mente i prodotti sottovuoto del supermercato. Mi viene il dubbio che certe cose sarebbe quasi meglio non scoprirle perché, a portarle via dal loro ambiente, è come se morissero...

– E allora? Un vecchio tempio non è una cosa viva! È di pietra, è una cosa morta. Un morto è un morto, non gli importa più niente di quello che gli succede!

Patrick, che aveva la bocca piena di riso, guardava i due che si accaloravano sempre più.

– Un morto è un morto… eh già – continuò Misha. – Ma chissà se poi è proprio così… e, in ogni caso, i morti meritano riposo e rispetto: non dovrebbero essere messi in mostra per qualcuno che paga un biglietto per fargli fotografie. Vedete, questo è un Paese strano. Migliaia di anni fa i nostri antenati hanno costruito un regno potente e una religione raffinata proprio sul culto dei morti e sull'idea che ci fosse una vita nell'aldilà. E adesso noi, come degli eredi che danno via pezzo a pezzo la loro eredità, stiamo svendendo tutto… la gente viene, consuma e se ne va. In realtà si porta via proprio poco, di serio e di profondo, e a noi resta ancor meno, a parte i soldi; ma quelli chissà se sono così importanti…

– Io non ti capisco proprio, zio. Un Paese ha il dovere di mettere a disposizione di chiunque la propria storia, la propria cultura… insomma, io sono contento che tutti abbiano la possibilità di venire qui in Egitto a vedere le cose meravigliose che ci sono!

– Aziz, cerca di capire… – tentò di interloquire Misha, ma Aziz aveva preso ormai lo slancio e non c'era più verso di fermarlo.

– Una volta, viaggiare e istruirsi era una cosa

che poteva permettersi solo chi aveva un mucchio di soldi: oggi lo può fare quasi chiunque. Che c'è di male? Non capisco perché devi essere geloso delle cose belle che ci sono in Egitto: cosa dovrebbe succedere? Che se le guardino solo gli egiziani?

– Ma no, Aziz: non è questione di gelosia...

– Più gente viene ad Abu Simbel e meglio è. Più gente può permettersi di entrare in una agenzia di viaggio e partire per andare a vedere le piramidi e più il mondo sarà migliore. E chi non lo capisce dovrebbe andarsene a quel paese!

Detto questo, Aziz si alzò di scatto e, tutto rosso in viso, se ne andò senza salutare. Patrick restò così, allibito, ancora con la bocca piena: ma perché il suo amico non sapeva tenere a freno la lingua?

Lo guardò allontanarsi a passi decisi, ma poi fermarsi di colpo e fissare un televisore acceso. Lo vide girarsi verso di lui per fargli dei concitati segni. Patrick corse a vedere. Uno speaker del telegiornale parlava velocemente in egiziano. Patrick non capiva una parola ma alle spalle del giornalista vide una fotografia del professor Livingstone. E se avesse compreso quel che stava dicendo, avrebbe fatto ancor più fatica a deglutire:

Gentili telespettatori, buonasera.

Una notizia spiacevole apre il nostro notiziario di

oggi: il professor Edward Livingstone, esimio archeologo inglese ospite nel nostro Paese per realizzare un progetto di scavi e per tenere un ciclo di conferenze, è stato trovato morto all'interno di una tomba che si presume del IV secolo avanti Cristo, corrispondente all'incirca all'epoca della XVIII dinastia. Il professor Livingstone aveva individuato la tomba in un'area desertica presso Tell el-Amarna, l'antica Akhetaton, capitale dell'Egitto per un breve periodo sotto il regno del faraone Akhenaton. La scoperta era stata tenuta segreta e ne erano al corrente solo alcuni strettissimi collaboratori dell'archeologo. Proprio su segnalazione di uno di loro - preoccupato perché da giorni non aveva notizie del professore - la polizia si è recata oggi sul luogo degli scavi.

Individuata la tomba, è occorso comunque del tempo per accedervi, perché l'ingresso era impedito dall'enorme blocco di pietra - ecco, lo state vedendo nelle immagini - che originariamente nascondeva l'entrata. Forse tutto il sistema di ancoraggio del blocco di pietra ha ceduto: fatto sta che la tomba si è richiusa, con Edward Livingstone dentro. Presumibilmente Livingstone è andato incontro a una morte atroce. La tomba, infatti, è piuttosto piccola e, in conseguenza degli scavi, si trova ora completamente esposta al sole. I primi riscontri della polizia fanno pensare che, nelle ore più calde del giorno, la temperatura interna possa raggiungere i 55-60 gradi.

Le indiscrezioni che siamo riusciti a raccogliere lasciano intendere che il corpo del professore avesse le unghie spezzate e le mani insanguinate, probabilmente nel tentativo di aprirsi una via di fuga.

All'interno della tomba c'era ben poco: alcuni strumenti di lavoro di Livingstone, poche terrecotte e suppellettili di quasi nessun valore. La tomba deve purtroppo essere stata saccheggiata già molti secoli fa e, come è capitato in tantissimi altri casi analoghi, deve essere stata più volte "frequentata" nel corso del tempo: lo lascia supporre il fatto che i bassorilievi originariamente realizzati su alcuni muri siano stati trovati quasi integralmente cancellati da un'accurata opera di scalpellatura... ecco: stanno scorrendo proprio ora le immagini, vedete? Gli unici segni rimasti sono le croci incise dai copti, cioè dagli egiziani convertiti al cristianesimo. Era una pratica molto spesso adottata dai copti che, nei secoli VII e VIII dopo Cristo, presero a impiegare le tombe e gli edifici sacri del tempo dei faraoni per tenervi i propri riti religiosi. Per questo, cancellavano a colpi di martello le immagini degli antichi dei pagani, che consideravano incompatibili con il loro culto: questa iconoclastia ha causato la perdita di molte opere d'arte del nostro passato.

Chissà cosa era rappresentato sulle pareti della

tomba? Ma questo è forse solo il minore dei misteri. Già qualcuno tra gli operai degli scavi ha cominciato a parlare della famigerata Maledizione dei Faraoni. Secondo la leggenda, chi viola le antiche tombe egizie sarebbe destinato a morte certa. Ma, come di sicuro saprete, c'è chi ha provato a sostenere che non si tratti di semplici superstizioni, portando come prova i casi di diversi archeologi andati incontro, dopo le loro scoperte in Egitto, a morti più o meno inspiegabili.

Per di più, pochi giorni fa, il professor Livingstone era già stato protagonista di un episodio veramente singolare. Poco prima di una conferenza al museo del Cairo, proprio mentre esaminava un papiro, aveva perso i sensi e, al suo risveglio, il papiro era scomparso. Non è difficile prevedere che le voci sui sortilegi legati ai reperti dell'Antico Egitto si faranno sentire con maggior forza. Purtroppo, questa volta, la vicenda è costata al professor Livingstone molto più che uno svenimento.

Naturalmente vi terremo aggiornati su eventuali nuovi particolari...

– Iconoclastia? Ma che cavolo vuol dire...? – commentò Aziz dopo aver tradotto meglio che poteva le parole del giornalista a Patrick.

– Un iconoclasta – disse lo zio, che era arrivato

alle loro spalle – è qualcuno che vuole distruggere ogni simbolo o immagine legata a una certa idea, per esempio a una data religione. Gli iconoclasti vorrebbero eliminare ogni traccia di ciò che non corrisponde alle loro convinzioni. Per loro, tutti quelli che la pensano diversamente sono degli eretici, dei miscredenti. Nella storia, purtroppo, si sono registrati spesso fanatismi di questo tipo...

– Vuoi dire che non sono stati solo quei... quei copti, a comportarsi così? – chiese Patrick.

– Certo che no, ahimè! I copti erano gli egiziani convertiti al cristianesimo: con loro siamo più o meno nel 600-700 dopo Cristo. Se ci pensate, già i successori di Akhenaton fecero qualcosa del genere: quando Akhenaton morì, restaurarono il vecchio culto, cercando di distruggere ogni segno del rito di Aton e del suo "eretico" fondatore.

Patrick ebbe un'idea: – Ma, allora, anche le tombe di Nefertiti e di suo marito potrebbero essere state profanate e smantellate dopo la loro morte.

– Brillante intuizione, Patrick! In effetti diversi storici la pensano così. Addirittura, negli ultimi tempi, si sostiene che il tesoro della tomba di Tutankhamon sarebbe stato messo insieme proprio saccheggiando il corredo funerario di Nefertiti: sarebbe troppo ricco, dicono, per un faraone morto giovanissimo.

– Quindi è ormai inutile cercare la tomba di Nefertiti?

– Questo non lo so. Ma che questa teoria sia vera o meno, ci ricorda che le tombe sono fatte per garantire la pace di chi vi è sepolto, però spesso gli uomini se ne dimenticano: i successori di Akhenaton, i ladri profanatori, i copti, i turisti odierni... non ti pare, Aziz?

Ad Aziz, che non aveva aperto bocca tutto quel tempo, l'allusione di Misha non dovette piacere troppo, perché fece una smorfia, si strinse nelle spalle e girò su se stesso, allontanandosi in direzione dell'uscita.

Patrick esitò un po', poi rivolse a Misha uno sguardo di scusa e corse dietro all'amico.

– Ma si può sapere cosa ti è preso?!

– Niente.

– Non puoi trattare Misha in questo modo... è così gentile con noi... e poi non ha detto nulla che giustificasse...

– Oh cavoli! Non cominciare anche tu a farmi la predica! È proprio quello che non sopporto. Quando i grandi ti fanno la morale. Il mondo cambia e loro non accettano di restare indietro, e va sempre a finire che poi ce l'hanno con noi ragazzi perché nel mondo nuovo ci stiamo dentro benissimo. A me piace viaggiare. A te no?

– Sì, va be', ma non credo che...

– Ecco. Nel mondo di questi anni si viaggia, e a noi piace farlo. Non vedo cosa ci sia di male. Io non voglio un mondo dove ce ne stiamo tutti fermi nella nostra casa e non mettiamo mai il naso fuori per vedere cosa c'è e poi...

Patrick capisce che non è il momento di discutere con Aziz e cerca di cambiare discorso.

– Senti, piuttosto: cosa ne pensi della faccenda di Livingstone? Morto dentro a una tomba egizia: non è terribile?

– Sì, ma tu ci credi alla storia della maledizione?

– Non so; però una volta ho visto un documentario in cui parlavano di un mucchio di persone morte in modi strani: come nei film del terrore... come *La mummia*, l'hai visto? Racconta di una mummia che, per un sortilegio, si risveglia dopo migliaia di anni e incontra una ragazza che è la sosia esatta della regina di cui il morto si era innamorato nella sua vita umana: questo genera tutta una serie di situazioni fortissime...

Aziz tutto d'un colpo comincia a provare un insolito senso di ansia. Sarà che *La mummia* gli ha fatto venire in mente la curiosa rassomiglianza tra Margot e la regina Nefertiti, sarà che trova proprio orribile la morte cui è andato incontro

Livingstone, sarà che quel vecchietto gli era sembrato simpatico, fatto sta che vorrebbe che Patrick la piantasse con i suoi racconti. E invece...

– Prova a immaginarti che dal fondo della tomba scoperta da Livingstone sorga d'improvviso, materializzandosi dal nulla, la mummia di chi vi era sepolto. Livingstone si appiattisce contro la parete, terrorizzato. La mummia è gigantesca e si muove a scatti, come uno zombi, seminando pezzi di bende incartapecorite. Grida al professore qualcosa che lui non comprende ma che è sicuramente una specie di maledizione. Poi esce lentamente dalla tomba. Pochi secondi dopo si sente un rumore: Livingstone capisce, ma è ormai troppo tardi. Si precipita verso l'uscita, ma prima che la raggiunga, *slam!*, una pietra la blocca. Piomba l'oscurità.

– Senti, adesso ho sonno – lo interrompe bruscamente Aziz. – Vado a dormire.

Si gira e si dirige verso la loro stanza.

Patrick rimane lì come un salame, a metà del suo racconto.

Nella sala Tv, Misha è ancora dove l'hanno lasciato, ma non guarda lo schermo. Fissa un punto imprecisato della parete di fronte con aria preoccupata. Forse sta pensando a suo nipote, forse sta pensando alla faccenda di Livingstone. O forse a tutte e due le cose insieme...

La mattina, Aziz si svegliò prestissimo. Incubi di mummie redivive e di tombe maledette lo avevano assillato tutta la notte. Fuori era ancora buio. Gli era venuta voglia di fare una cosa, e non c'era verso di riprendere sonno. Così scivolò fuori dal letto, afferrò i suoi vestiti e uscì quatto quatto dalla cabina, accompagnato dal respiro pesante di Patrick e dello zio, che dormivano della grossa. La nave-albergo era ancora deserta. Infilò l'uscita, attraversò la passerella di collegamento con la terraferma e si trovò nella piana davanti ai templi.

Lo sapeva che sarebbe stato fantastico.

Il cielo, da blu notte che era, stava diventando rapidamente di un azzurro intenso. Dalla parte opposta del lago Nasser iniziava a delinearsi un orizzonte luminoso. Di fronte a lui, i colossi di pietra cominciarono a riflettere la luce dell'alba e a mostrare le loro forme gigantesche, come se uscissero dal buio del passato per venire incontro a quel giorno presente e al cerchio giallo di Aton che era ormai sopra l'orizzonte.

Aziz, accovacciato sui talloni, era rimasto fermo, a gustarsi quello spettacolo silenzioso. Poi, in fondo allo spiazzo vide muoversi una figurina avvolta in una tunica e in un turbante bianchi. Riconobbe subito il guardiano del tempio e pian piano andò nella sua direzione. Scambiarono due chiacchiere e, considerata l'ora, la guardia non fece storie: con un largo sorriso lo lasciò entrare.

Aziz si trovò all'interno del tempio principale, avvolto nel silenzio più assoluto. Iniziò a girovagare fra i pilastri e le colonne, immaginando di essere un antico egizio. Cominciò ben presto a provare una sensazione del tutto diversa rispetto al giorno prima, quando aveva visitato lo stesso luogo trascinato dalla fiumana di turisti chiassosi e sudati. Adesso ogni figura sulle pareti guardava solo lui; ogni sibilo d'aria sembrava sussurrargli qualcosa. Ogni scricchiolio, ogni fruscio, ogni piccolo rumore che Aziz produceva pareva una profanazione di quel luogo una volta sacro. Aveva la sensazione che gli occhi degli dei e dei faraoni dipinti si volgessero a guardarlo con aria di rimprovero.

Aziz superò rapidamente il confine tra fantasia e realtà: lui era davvero un piccolo faraone in visita al tempio; leggeva le lunghe file di geroglifici; decifrava i gesti degli dei raffigurati sui muri. Del presente gli restava solo il senso vago di ansia che la morte di Livingstone gli aveva insinuato la sera prima. Non riuscì a evitare di guardarsi alle spalle, poi di sbirciare ripetutamente tra i pilastri. Gli parve di sentire uno scalpiccio, ma non riuscì a capire da dove venisse. Poi più niente. Restò immobile. Riprese a muoversi lungo la parete, quasi furtivo.

Si sentì d'un tratto ridicolo. Non c'era niente da temere. «Che idee strampalate mi vengono...» disse tra sé. Proprio in quel momento, un urlo alle sue spalle gli fece gelare il sangue nelle vene...

– AAAHHHÓÓÓ! SEMO LI PRIMI!!! 'Nnamo! Venite tutti avvéde! Nun ce sta ancora nissuno! Peppe! Duddu! Gigggi! E mmoveteve! Siete lenti come dei lumaconi bavosi! Qui ce sta er tempio tutto per noi! Giusy! Piglia la videocamera! E Giggi! Eddai! Attacca er flash che ce famo una foto de gruppo davanti all'altare! IIIIUUUUHHH!

Il gruppo di turisti si affollò all'ingresso del tempio vociando. Davanti a tutti, con l'aria del conquistatore che è appena sbarcato su un'isola di cui sta prendendo possesso, c'era l'uomo che stava gridando. I calzoncini corti rivelavano due grosse cosce pelose e due polpacci come prosciutti. La pancia grassa ballonzolava in fuori, al di sopra della cinta, tendendo la T-shirt sudata. Dalle spalle gli penzolavano quattro macchine fotografiche, una borsa piena di obiettivi e una telecamera. Qualunque cosa dicesse, urlava in italiano. E poi, dietro a quel primo gruppo, arrivarono i francesi che gridavano anche più forte, e poi i tedeschi già con le lattine in mano, e poi i giapponesi in un crepitio di flash e di scatti fotografici, e poi gli spagnoli e poi gli americani, e ancora gli italiani e i francesi e i giapponesi...

Tutta la magia dei minuti precedenti si dissolse in un attimo. Ad Aziz parve di vedere gli dei e i faraoni che avevano animato il tempio fino a quel momento allontanarsi disgustati e sparire come fantasmi penetrando nelle pareti. Guardandosi attorno non vide più nulla di tutto ciò che aveva visto prima, non sentì nulla di ciò che aveva sentito: il tempio gli apparve come uno spazio triste e desolato, delimitato da muri incrostati dai pallidi disegni, feriti a morte dai nomi e dalle date incisi dai visitatori. Facendosi largo tra la gente, riguadagnò l'uscita. Si girò a dare un ultimo sguardo, ma quasi non riuscì a vedere nulla, coperto come si trovò da un omone grande e grosso che faceva roteare un'enorme cinepresa a mo' di mazza da baseball, mentre fischiettava tutto contento l'ultimo motivetto di moda. Neanche si trovasse al supermercato. Eh già, al supermercato...

Ad Aziz venne quasi da piangere e stava per scappare via quando, voltandosi, vide la guardia del tempio circondata da turisti che se la contendevano per portarsi a casa una foto ricordo assieme all'egiziano col turbante bianco. Ognuno gli faceva le stesse battute spiritose mentre gli passava nelle mani qualche banconota stropicciata. Lui si infilava i soldi sotto la tunica, ridendo con i grossi denti ingialliti. Ma, quando i suoi occhi s'incrociarono per un lungo secondo con quelli di Aziz, al ragazzino sembrò che avessero dentro una tristezza infinita.

Allora sì che ad Aziz, senza che lo volesse, cominciarono a venir giù grosse lacrime nervose, e scappò via, sollevando nella corsa sbuffi di polvere sul piazzale sabbioso. Attorno, le guide turistiche agitavano le loro insegne e i serpentoni di visitatori s'intrecciavano senza un senso apparente.

Aziz trovò Patrick e lo zio seduti davanti a una abbondante colazione.

– Aaa ooe iaolo eii iito? – biascicò Patrick con un'enorme tazza di tè in una mano e un croissant sbocconcellato nell'altra.

Aziz guardò sconcertato l'amico: ma quando avrebbe imparato a non parlare a bocca piena?

Patrick si pulì la bocca con il dorso della mano. – Gnam! Scusa, ma dov'eri finito?

– Lasciamo perdere...

– Be', se sei stato a girare tra i templi, hai fatto bene. Perché si riparte subito.

Aziz guardò stupito prima Patrick e poi lo zio.

– Sì, Aziz. Mi spiace. Ma ho telefonato poco fa al Cairo e ho saputo di un contrattempo improvviso di lavoro. Dobbiamo tornare a casa.

Ci fu un lungo silenzio. Che peccato. E che strano questo rientro immediato proprio dopo l'atteggiamento preoccupato dello zio la sera precedente... ma Aziz aveva un'altra cosa che gli voleva dire...

– Ehm, vedi zio... be', io volevo dirti... volevo dirti che ci ho pensato... e... ecco, forse non avevi tutti i torti ieri sera... e forse io non avevo proprio così ragione... insomma, scusa...

Dall'ampia finestra della sala delle colazioni, Misha aveva visto la corsa del nipote e lo aveva osservato asciugarsi le lacrime fuori dalla nave-albergo. Ora lo guardò per un poco negli occhi ancora arrossati, senza parlare: quel ragazzino era uno della famiglia. Aveva sensibilità per certe cose. Per le cose che contano. Lo zio non disse una parola. Gli mise un braccio intorno alle spalle e i due s'incamminarono per il corridoio. Ad Aziz parve che la mano di Misha lo stringesse un po' più calda, un po' più affettuosa del solito.

4

Lo spettro del museo

Tornati al Cairo, quel pomeriggio, Aziz e Patrick provarono un po' di delusione. Nel caos della grande capitale il fascino ancestrale di Abu Simbel non esisteva più. Che peccato esser dovuti rientrare così presto!

Sul finire della giornata Aziz pensò che, per farsi perdonare il comportamento della sera prima, sarebbe stato carino da parte sua andare a prendere lo zio al museo. E, a dir la verità, non gli dispiaceva neppure l'idea di rincontrare Margot.

Così, lui e Patrick si trovarono stipati come sardine su un autobus imbottigliato nel traffico. Il caldo era soffocante e l'aria che si respirava era piuttosto pesante. Ma i due ragazzi sembravano quasi non accorgersene, presi com'erano dai loro discorsi.

– Sai, Patrick, mentre ero da solo nel tempio, ieri mattina, pensavo alla morte di Livingstone e, non so come, ho cominciato a immaginare che il professore non sia morto per un incidente, ma che l'abbiano ammazzato.

– Be', forse corri troppo con la fantasia.

– Però anche il giornalista della Tv lasciava intendere di avere qualche dubbio quando ha parlato delle funi che tenevano la pietra e che sono state trovate sganciate... la Maledizione dei Faraoni potrebbe manifestarsi in tanti modi...

– Non mi far ridere! Se Livingstone avesse tenuto la sua conferenza, raccontando della tomba che aveva scoperto, cosa sarebbe successo? La maledizione avrebbe colpito tutti i presenti?

– Comunque, visto che nella tomba c'era solo Livingstone, il problema non esist... ohi, ohi... però qualcun altro sapeva della tomba, e forse c'è anche stato...

– Caspita! Gli assistenti del professore!

– Certo: il grassottello mastica-chewing gum e Margot.

– Vuoi dire che...

– Speriamo non sia successo niente...

Proprio in quel momento l'autobus accostò per

la loro fermata. Mentre si facevano largo a fatica per scendere, intravidero un capannello di persone in cima alla scalinata d'ingresso del museo. C'era qualche agente di polizia, un paio di telecamere, dei giornalisti...

Era successo qualcosa!

– Sono in diretta?

– Ancora cinque secondi...

– Cinque, quattro, tre, due uno... vai!

Gentili telespettatori, buonasera.

Qui dal Museo Egizio del Cairo vi parla Abul Katmhanek per Kobra Television. Sembra che la morte del professor Livingstone non abbia esaurito il succedersi degli eventi misteriosi di questi giorni. Proprio qui al museo, infatti, è accaduto qualcosa che ha suscitato inquietudine tra i guardiani notturni e li ha indotti a rivolgersi alla polizia.

Ieri notte, nella stessa area del museo in cui si era verificata la sparizione del papiro che Livingstone stava studiando, alcuni guardiani sostengono di aver visto aggirarsi una figura misteriosa: avvolta in un mantello nero, è comparsa due volte, a distanza di qualche ora. In entrambi i casi si è allontanata silenziosa e velocissima, dileguandosi senza lasciare traccia, quasi avesse poteri soprannaturali.

Non è un caso che i sorveglianti ne parlino già come dello "spettro". La polizia ha solo potuto constatare che dalle sale non era stato rubato nulla. In ogni caso, per questa notte, è stato predisposto dal commissariato un servizio di vigilanza supplementare: evidentemente le forze dell'ordine non vogliono sottovalutare questi misteriosi eventi...

Al prossimo collegamento!

Dal Museo Egizio del Cairo, un saluto dal vostro Abul Katmhanek...

Aziz si era avvicinato e aveva ascoltato con attenzione il giornalista che registrava il servizio per la Tv.

Appena quello ebbe finito, trascinò via l'amico.

– Ma che succede? Non ho capito un'acca... – disse Patrick.

– Poi ti spiego. Adesso andiamo –. E i due si precipitarono dentro.

Patrick capì subito dove stavano correndo. Arrivati davanti allo studio di Margot, si fermarono un momento, indecisi. Poi Patrick bussò. Nessuna risposta. Strano: a quell'ora Margot era sempre in ufficio a studiare. Spinse la porta: aperta. Entrò: stanza deserta. Nessuna traccia dell'egittologa.

Ma soprattutto si accorsero che c'era qualcosa di anomalo nell'ufficio: qualcosa di diverso dal solito. Ci misero un po' a capire cosa fosse: era molto più ordinato delle altre volte! La scrivania di Margot - normalmente sommersa da carte, libri, documenti, fotocopie, appunti, lettere e ogni genere di materiale di studio - era adesso stranamente sgombra e i dossier su cui l'avevano vista lavorare i giorni scorsi non c'erano più.

Aziz e Patrick non sapevano cosa pensare. Poi si guardarono l'un l'altro per un attimo ed ebbero la stessa intuizione: si buttarono sul cassetto della scrivania.

La chiave era nella serratura, ma non ci fu neppure bisogno di girarla, per aprire: il cassetto era vuoto e, qualunque cosa avesse contenuto, adesso era sparita.

A: pesciolinarossa@francemail.fr
Da: squalopat@intermail.com
Oggetto: Saluti e storie strane dall'Egitto

Cara Julie,

come va lì ad Artoux? Scusa se non ti ho scritto fino a oggi, ma da quando sono arrivato al Cairo è stato tutto un susseguirsi di giornate intense che mi hanno continuamente distratto. Anche adesso ti scrivo di gran fretta, da un punto di informazione turistica che mette a disposizione il collegamento Internet. La famiglia di

Aziz è fantastica, mi hanno accolto benissimo e si danno un gran daffare perché io mi diverta. Figurati che domani, se tutto va bene, partiremo per un weekend a Luxor, qualche centinaio di chilometri più a sud, sul Nilo, dove si trovava l'antica capitale dei faraoni.

Ma le cose più interessanti sono altre: sarà arrivata anche lì la notizia della morte di un archeologo inglese, il professor Livingstone. Be', sappi che l'ho visto proprio pochi giorni prima che morisse e che ho conosciuto anche la sua assistente! Stanno succedendo una serie di fatti strani: papiri che scompaiono, apparizioni misteriose nel Museo Egizio, e adesso sembra sparita anche l'assistente del professore... insomma, può anche darsi che ci troveremo di nuovo a investigare.

Peccato che manchi tu. Chissà se c'è sotto qualcosa o se ci stiamo inventando tutto?

Salutami il tuo papà e rispondimi presto.

Ciao,

Patrick

Il pomeriggio successivo, Patrick e Aziz erano per l'appunto seduti in un ufficio turistico aperto da pochi mesi nei pressi del museo che metteva a disposizione, con una spesa modesta, dei computer collegati a Internet. Il posto era quasi sempre affollato di ragazzini egiziani che si divertivano a navigare da un sito all'altro. E infatti era stato il cuginetto Ibrahim a scoprirlo.

– Ma com'è questa storia delle e-mail? – chiese Aziz all'amico.

– Be', mi spiaceva che Julie fosse rimasta a casa da sola. Insomma, è la nostra migliore amica ed è in gamba. Ho pensato a come fare perché si sentisse anche lei un po' qui con noi. Così, prima di partire, mi sono fatto dare il suo indirizzo di posta elettronica; anch'io ho aperto una casella tutta mia e le ho promesso di scriverle per raccontarle come andavano le cose.

– E quel Pesciolinarossa eccetera eccetera sarebbe il suo indirizzo?

– Ehm, sì... sai come sono fatte le ragazze...

– Sì, sì, lo so; anche se, devo dirlo, Julie è meglio di tutte le altre... e di *Squalopat* cosa mi dici?

Patrick arrossì. – Sta per Squalo + Patrick; mi sembrava divertente...

– Ma dimmi tu... Squalopat: ma si può? Non sei riuscito a inventare niente di meglio? A te, la testa, non serve proprio ad altro che a tenere staccate le orecchie...

– E piantala di criticare! È la prima cosa che mi è venuta in mente... piuttosto, guarda, siamo fortunati. Probabilmente Julie era collegata, e ci ha già risposto...

A: squalopat@intermail.com
Da: pesciolinarossa@francemail.fr
Oggetto: Risposta immediata
a due incorreggibili fissati

Caro Patrick,

grazie per il messaggio. Cominciavo a credere che ti fossi perso in qualche tomba egizia! Devo dire che da quel che mi scrivi non si capisce molto di ciò che vi sta capitando, ma così, a prima vista, non escluderei che vi stiate inventando tutto. Ricordatevi la lezione che abbiamo imparato col "fantasma di Robespierre": mai farsi suggestionare!

Mi sembra che questa gita a Luxor capiti proprio bene: andatevene a spasso, distraetevi e per un po' piantatela di pensare a intrighi e misteri.

Divertitevi.

Un bacio sul naso ad Aziz.

Julie

– E bravo! – esclamò Aziz. – Con quello che le hai scritto, per forza ci ha preso per dei visionari...

– Comunque, forse ha ragione. Questo giro a Luxor capita proprio bene.

– Bisogna dire che lo zio è stato molto gentile a organizzarci il weekend nei siti archeologici per farsi perdonare della partenza anticipata da Abu

Simbel... mi piace l'idea di vedere la Valle dei Re, il tempio di Karnak, le tombe dei faraoni...

Ma Patrick non lo stava più ascoltando. Borbottava tra sé e sé: – Eh sì, forse è meglio che le spieghi più precisamente cosa è successo, se no non si capisce niente...

E aveva ripreso a scrivere al computer, con lo sguardo fisso sullo schermo, un lunghissimo messaggio per Julie.

5

Tutankhamon, le sfingi e i terroristi

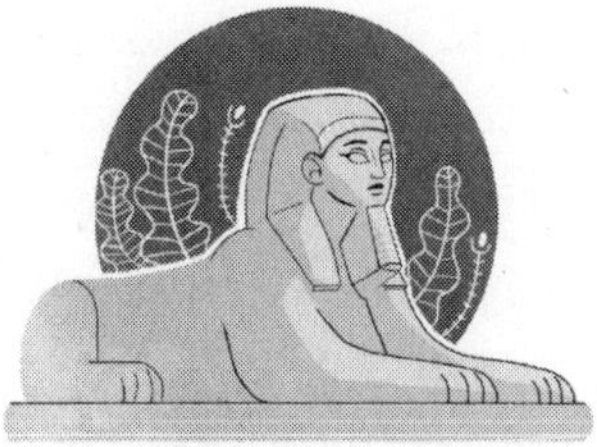

La gita a Luxor fu bellissima.

Luxor è il nome odierno dell'antica capitale dell'Egitto, che migliaia di anni fa si chiamava Tebe. Lì ci sono alcuni dei monumenti e delle aree archeologiche più affascinanti di tutto il Paese.

Patrick decise che avrebbe elaborato una hit parade personale delle cose che più l'avevano colpito: una specie di gioco che avrebbe fatto con Aziz. Concluse che tre erano le cose che avrebbe sicuramente descritto a Julie nel prossimo messaggio e-mail. Al posto numero 3: la tomba di Tutankhamon; al numero 2: il Viale delle Sfingi davanti al tempio di Karnak; e al posto numero 1: la grandiosa tomba di Hatshepsut.

Numero 3: La tomba di Tutankhamon si trova nella Valle dei Re, cioè in una valle desertica dov'erano stati costruiti i sepolcri di quasi tutti i faraoni per quasi cinquecento anni. È l'unica tomba a essere stata scoperta ancora intatta, vale a dire con l'intero corredo funerario del giovanissimo monarca così come vi era stato depositato al momento della sepoltura. Il preziosissimo contenuto della tomba era stato trasportato al museo del Cairo, in apposite sale dove Patrick era stato insieme ad Aziz più di una volta.

Proprio perché Aziz e Patrick conoscevano così bene il tesoro di Tutankhamon, una volta entrati nella tomba non fecero nessuna fatica a immaginare com'erano quegli spazi prima che venissero spogliati. Più di ogni altra cosa, in particolare, restò loro impresso un punto: l'ultimo muro che Carter - l'archeologo che nel 1922 aveva aperto la tomba - aveva dovuto abbattere prima di trovarsi a tu per tu con il tesoro. Quando ci si mette, Patrick è uno che sa raccontare: – Immaginati, Aziz: il muro ha cominciato a cedere. Carter ha appena perforato la parete che ha davanti. C'è buio, e caldo: da oltre tremila anni nessuno metteva piede lì. Siamo agli inizi del '900, non c'era ancora la possibilità di portare fin quaggiù la luce elettrica. Tutto è illuminato con semplici candele.

L'archeologo ne prende in mano una e la fa passare al di là del muro. Tende il braccio nel vuoto. Poi, piano piano, accosta l'occhio al pertugio: il respiro gli si ferma. Sta provando un'emozione che nessuno ha mai provato prima di lui, e nessuno, fino a oggi, ha mai più avuto la fortuna di provare. Tra i riflessi tremolanti della fiamma e la penombra intravede il letto a baldacchino, il carro del faraone, il trono, le ceste, i vasi, la statua di Anubi a forma di cane accucciato, quasi stesse di guardia, pronto a balzare addosso agli eventuali profanatori. Tutto è come se fosse stato lasciato lì poche ore prima. Credo che Carter sia riuscito a riprendere fiato solo dopo mezz'ora...

– E io non so cosa darei per provare un'emozione simile... – fece sottovoce Aziz. I due rimasero lì a immaginarsi quel magico momento senza che lo zio Misha, messosi in disparte a osservarli con un sorriso soddisfatto, li interrompesse.

Numero 2: Il tempio di Karnak ha colonne così alte, e grosse, e fitte, e colorate che quando alzi lo sguardo e lo fai ruotare attorno dall'una all'altra la testa ti comincia a girare. C'è gente che è svenuta, così...

L'accesso al tempio era stato costruito dagli antichi egizi nella forma di un maestoso viale adibito alle processioni sacre, interamente costeggiato da grandi sfingi poste su alti piedistalli in pietra. Il Viale delle Sfingi è stato portato alla luce dagli scavi archeologici solo nella sua parte finale, un centinaio di metri circa, quelli più prossimi al tempio.

– La guida dice che il Viale era lungo più o meno due chilometri e mezzo. Capisci? Lì sotto ci sono due chilometri di sfingi ancora da disseppellire! – esclamò Patrick. – La gente ci cammina sopra tutti i giorni e non ci pensa...

Mentre parlavano si erano avvicinati al punto in cui gli scavi si erano fermati, ed era come se il viale s'inabissasse nel terreno. Era il tramonto, e anche il sole estivo sembrava si stesse inabissando nella terra. C'era quella luce incredibile che c'è alla fine dei tramonti d'estate, quando tutto sembra caldo, morbido, e profumato.

In quel momento Aziz si accovacciò sui talloni e fece una cosa che sarebbe sempre rimasta impressa nella memoria di Patrick. Stese la mano al di là della rete di recinzione e la poggiò a terra, il palmo rivolto verso il basso, restando così, fermo e in silenzio. Patrick pensò che gli ricordava il medico della scuola quando, durante le visite, gli ascoltava il respiro. Smise di parlare, per non far rumore mentre Aziz cercava di sentire il respiro delle sfingi sepolte lì sotto.

Numero 1: Immaginatevi un grandissimo spazio aperto nella Valle delle Regine: una collina chiude un lato di quello spazio creando una specie di anfiteatro naturale. Qui la regina Hatshepsut fece costruire la propria tomba che, quando ci arrivi davanti, ti lascia senza fiato. Ma non è per la grandiosità dello spettacolo che Patrick aveva riservato il posto d'onore alla tomba di Hatshepsut. Quel posto lo aveva colpito per una cosa terribile che vi era accaduta solo pochi anni prima, nel 1997.

In una mattina come quella, il 17 novembre, i turisti ignari di quello che li aspettava salivano e scendevano dai pullman, si lanciavano richiami scherzosi, scattavano fotografie, osservavano l'immensa costruzione di pietra bianca. Ma, d'un tratto, dai due lati scoscesi della collina si lanciarono in corsa degli uomini dal volto coperto, sparando all'impazzata sulla folla con dei mitragliatori. Fu una strage: oltre sessanta morti.

Con quell'attentato, i fondamentalisti islamici - cioè gruppi religiosi formati da agguerritissimi seguaci dell'Islam - avevano voluto manifestare la loro opposizione alla corruzione delle tradizioni portata dalla liberalizzazione dei costumi in Egitto.

Patrick non riusciva a capire. E ne parlò con Aziz: – Come possono degli uomini scegliere di massacrare altri uomini inermi e innocenti, solo per dichiarare al mondo che le loro idee sono migliori di quelle degli altri? – disse Patrick. – Come può succedere una cosa del genere? Voglio dire, Aziz, tu sei musulmano, no? Eppure, in Francia, vivi in mezzo a gente che non è musulmana, e ti senti a casa...

– Be', sì, ma non farla neanche così facile... essere musulmani a Parigi adesso può non sembrare tanto complicato, ma i miei genitori mi raccontano sempre che un po' di anni fa non era così: anche gli occidentali, quando ci si mettono, hanno la testa dura. E il cuore anche... e in ogni caso, noi siamo musulmani... come dire... un po' così... abbiamo fatto un misto: un po' delle nostre tradizioni e un po' dei vostri modi di vivere.

– Appunto! Non ci vedo niente di male: sarebbe bello se si potesse prendere il meglio che c'è in ogni cultura e fare un mix...

– Il problema è che credo che la gente faccia una certa fatica a mettersi d'accordo su cosa è il meglio – mormorò Aziz incamminandosi: da lontano, lo zio Misha li chiamava, sventolando i biglietti d'ingresso appena acquistati.

Una volta tornati al Cairo, i due ragazzini avevano subito fatto un salto all'ufficio di Margot. Proprio mentre aprivano la porta, passò per il corridoio uno degli impiegati del museo: – Buongiorno, ragazzi! Cercate la dottoressa Simenon?

– Sì, volevamo parlarle...

– Non credo che ci riuscirete: è un po' di giorni che non si fa vedere. Magari si è solo presa un weekend di vacanza un po' più lungo del normale... anche se, a dir la verità, è una che lavora sodo e una scappata in ufficio la fa quasi sempre anche di domenica...

Aziz e Patrick si guardarono perplessi e ritornarono verso le sale del museo.

– Non ti sembra strano che una persona tanto impegnata nelle sue ricerche come Margot non si faccia vedere in ufficio così a lungo?

– Di per sé non sembrerebbe una cosa tanto strana, – rispose Patrick esitando nella sala della XVIII dinastia – ma se è vero quanto ha detto quel tipo e se penso che Margot lavorava gomito a gomito con uno che è morto in circostanze tanto strampalate solo pochi giorni fa, che da queste parti girano spettri neri, che spariscono papiri antichi sotto gli occhi di chi li sta leggendo... se penso alla fifa che mi sono preso l'altro giorno, quando è andata via la luce... be', allora penso che sì, la faccenda è strana...

– E poi all'appello non manca solo Margot, ma anche i suoi documenti e quella cosa così importante che teneva nel cassetto... ah, sapere che cos'era...

– Dai! Io non mi preoccuperei per gli oggetti. Il vero problema è che sia scomparsa Margot.

– Le sarà successo qualcosa di brutto?

– Difficile pensare il contrario, purtroppo...

– Ma chi può volere male a una così... così simpatica? – fece Aziz arrossendo un pochino.

Patrick lo guardò corrugando la fronte: – Ma non è questione di quanto è carina o simpatica. Ti sembra che Livingstone fosse uno che poteva suscitare l'odio di qualcuno? E poi non sempre le cose sono come sembrano. Anzi: e se fosse tutto il contrario? Perché non ci abbiamo pensato? Margot potrebbe anche non essere una vittima... non ti puzza il fatto che sia probabilmente l'unica a sapere della tomba scoperta da Livingstone, che abbia per le mani qualcosa di prezioso e che appena scoprono il cadavere del professore lei tagli la corda?

Aziz restò senza parole. Margot avrebbe potuto raggiungere Livingstone nel sito di Tell el-Amarna senza che lui si insospettisse. Altro che mummie ritornate dal passato! S'immaginava la ragazza che recideva i sostegni della lastra di pietra e chiudeva per sempre il professore in quella che diventava la sua tomba. Tornava indietro, aspettava freddamente che passassero i giorni necessari perché Livingstone non potesse essere ritrovato vivo, poi avvertiva la polizia, sviando gli eventuali sospetti: si è mai visto il colpevole di un misfatto che lo svela alla polizia?

Non sapeva più a cosa credere. Mentre uscivano dalla sala, i suoi occhi incrociarono quelli della statua di Akhenaton: il faraone lo osservava con il solito fare sornione, però questa volta aveva l'aria di uno che sa qualcosa ma non ha nessuna intenzione di dirtela.

Anche Patrick sa essere testardo. Se una cosa gli gira nel cervello, prima o poi la tira fuori. Dice che, fino a quando tiene un'idea chiusa nella testa, non la vede. Ha bisogno, appunto, di tirarla fuori, discutendola con qualcun altro per guardarla meglio. Così fu lui, quella sera, a cominciare il discorso. Ma non credeva certo che sarebbe andata a finire così.

Dopo cena erano rimasti al tavolo lui, Aziz e la nonna.

– Siamo stati a vedere il mausoleo di Hatshepsut – attaccò. – Era tutto calmo, ma mi hanno detto che per diversi anni, dopo l'attentato, i turisti avevano paura di venire qui in Egitto...

– Oh be'... non è che si stia poi così male senza i turisti e la confusione che portano... – biascicò quasi tra sé e sé la nonna.

– Ma nonna! – esclamò Aziz. – Cosa dici! Non sarai a favore dei terroristi?!

– No, certo. Chi ha vissuto a lungo come me ha visto troppo sangue scorrere e troppi morti per aver voglia di vederne ancora. Però...

– Però? – chiese Patrick.

– Però, Patrick, i nostri modi di vivere, negli ultimi tempi, sono stati messi sottosopra: troppe cose oggi spingono i nostri giovani a non rispettare le tradizioni. La musica, il cinema, la televisione, i modi di vestirsi e di comportarsi... se andiamo avanti così...

– Se andiamo avanti così, nonna, cosa succederà mai? Non ci vedo niente di grave...

– È importante invece. Tutte queste cose rischiano di farci dimenticare le radici della nostra cultura, e questo per noi non è ammissibile. Essere egiziani non è come essere francesi...

– È vero che siamo diversi! È questo il bello! Proprio perciò dovremmo accettarci, se no si rischia che le religioni diventino un motivo di odio tra gli uomini... la fede in Dio, invece, dovrebbe spingere ad aiutarsi e a capirsi meglio. Dovrebbe aprire le menti, non chiuderle – si infervorò Aziz.

– Ahimè. Tu non vivi qui... e poi sei così giovane: non puoi capire.

– Io capisco solo che tutta questa faccenda esiste perché nessuno ha voglia di capire.

E non era un modo rispettoso di rispondere alla vecchia nonna.

A: squalopat@intermail.com
Da: pesciolinarossa@francemail.fr
Oggetto: Fissati, ma non troppo

Caro Patrick, come va? Bella la gita a Luxor?

Ho ricevuto il tuo lungo messaggio dell'altro giorno. L'ho letto un mucchio di volte e ci ho pensato un po' su. Mi sono detta: «E se quei due non fossero così fissati?». Allora ho fatto delle ricerche su Internet. E sono saltate fuori delle cose che forse vi possono interessare.

Livingstone non sembrava essere molto amato nel suo ambiente: lo consideravano tutti un po' matto, da quel che ho capito. Avrebbe elaborato una strana teoria storica secondo la quale le tre grandi religioni monoteiste del nostro tempo, ebraismo, cristianesimo e Islam, avrebbero dei collegamenti con quell'antichissimo culto egizio del dio Aton iniziato dal vostro amico Akhenaton. In sostanza troverebbero radici in questo culto fiorito sul Nilo ben prima di loro. Si è cercato di smentire Livingstone in ogni modo: più che altro, mi è sembrato di capire, dandogli dello squilibrato e del visionario.

E al professore non è andata meglio neanche con i suoi colleghi archeologi: gli hanno dato tutti contro, accusandolo di sostenere quelle idee solo per diventare famoso. Figuratevi che l'unico a schierarsi dalla parte di Livingstone è stato un tale Krunz, uno studioso tedesco che di solito si occupa di nazismo. E così Livingstone si è ritrovato isolato, senza nessuno che desse ascolto alle sue congetture.

A dire la verità, non so se tutto questo possa appoggiare in un qualche modo l'ipotesi di un omicidio... in ogni caso, è quello che ho scoperto: magari vado avanti a far ricerche. Tanto, qui ad Artoux, sono tutti in vacanza e mi annoio da morire: così almeno ho qualcosa da fare. Ora tocca a voi: ma non mettetevi nei guai!

Ciao ciao,

Julie

– Oggi vi porto a vedere il bazar del Cairo!

All'urlo del cuginetto Ibrahim, Patrick si rigirò nelle lenzuola. Possibile che anche in vacanza c'era qualcuno che lo tirava giù dal letto? Ma d'estate, in Egitto, fa un caldo micidiale, ed è meglio uscire la mattina presto o il pomeriggio tardi, quando la temperatura è più bassa.

– E va bene – disse a malincuore, stiracchiandosi. – Andiamo a vedere questo bazar...

Era stata dura alzarsi, ma ne valse la pena. Il bazar del Cairo, infatti, non è come i mercati europei. La Casbah è un intero quartiere, fitto fitto di casette: un vero labirinto di viuzze straripanti di ogni tipo di negozio, bancarella e bottega. Vestiti, spezie, frutta, mobili, pane, souvenir, tappeti, gioielli, pesce secco, oggetti d'artigianato, pollame starnazzante, vetro soffiato in vasi e bottiglie d'ogni forma.

Aziz e Patrick scoprirono che il mercato, al Cairo, non è solo un posto dove la gente compra e vende, ma anche dove si abita, si lavora, ci si incontra. Per esempio, videro due tipi seduti su piccole sedie che giocavano a scacchi sorseggiando del tè. Attorno, una vera e propria folla si accalcava per la strada, alimentata dal flusso dei turisti scaricati dai pullman. I venditori si sbracciavano e si sgolavano per attirare i compratori.

Fu in mezzo a quella confusione pazzesca che Aziz, di colpo, si bloccò, con lo sguardo fisso su un punto lontano. Diede una gomitata a Patrick e disse solo: – Margot...

Patrick cercò a fatica di individuare qualcosa in quel caos: una massa di capelli neri appariva e scompariva tra le altre teste!

Tirò Aziz per la maglietta e partirono come razzi. Ma correre lì in mezzo non era per niente facile.

Bisognava zigzagare tra le persone e insieme non perdere di vista l'obiettivo, che però si muoveva anch'esso con la fiumana di gente.

Ma a un certo punto i capelli neri si fermarono, la testa si girò e gli occhi di Margot incrociarono per un centesimo di secondo quelli di Aziz. Era proprio lei! Invece di aprirsi in un sorriso, come lui si sarebbe aspettato, il volto della ragazza restò impassibile, come se neppure l'avesse visto, e si rigirò. Eppure Aziz era sicuro che l'avesse riconosciuto.

Da quel momento, seguire la capigliatura di Margot divenne molto più difficile. La ragazza aveva accelerato il passo. Cambiava spesso direzione e, almeno un paio di volte, i ragazzi la videro svoltare in uno dei vicoletti laterali. Ma quello era davvero un labirinto, e Margot sembrava conoscerlo benissimo.

Alla fine i due si ritrovarono ansimanti e fradici di sudore in fondo a una viuzza che non portava da nessuna parte, con un palmo di naso.

Margot era scomparsa un'altra volta!

PARTE SECONDA

Dove la Maledizione dei Faraoni colpisce ancora,
un mucchio di nodi vengono al pettine
e sorgono nuovi enigmi

Il Cairo, vista dall'alto, sembra un formicaio scoperchiato. Avete presente quei mucchi di terra o di aghi di pino che capita di trovare durante le gite in montagna a lato dei sentieri? Ecco, uno di quelli: basta toccarli appena un poco, con la punta di un bastone, che si scatena il caos. O, almeno, quello che ai nostri occhi sembra il caos. Centinaia di formiche si muovono come impazzite e la superficie del formicaio, che prima ci appariva percorsa da file regolari di insetti, diventa d'un tratto un brulicare incomprensibile di movimenti frenetici. Eppure, tutti quei movimenti hanno un senso. Ogni formica si muove in una direzione ben precisa per assolvere un compito altrettanto preciso. Per questo Il Cairo, vista dall'alto, sembra un formicaio.

1

Una ricerca va a buon fine

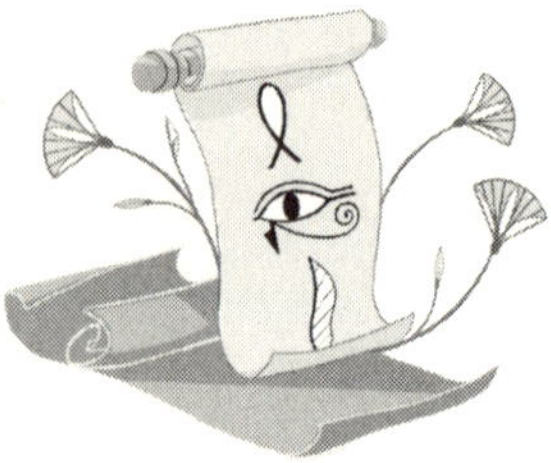

Il Cairo, vista dall'alto, sembra un formicaio scoperchiato. Così pensava Aziz, osservando dalla terrazza della Moschea d'Alabastro l'immensa distesa di case sotto di sé, l'intrecciarsi pazzesco delle colonne d'auto che procedevano a passo d'uomo, il formicolare continuo delle persone fin dove il suo occhio arrivava a distinguerle.

Faceva davvero un gran caldo, ma lì, all'ombra di quella moschea in cima alla collina, tirava una leggera brezza ed era quasi piacevole starsene immobili a guardare tutto il movimento là sotto, pensando agli automobilisti imbottigliati. Ibrahim aveva avuto una buona idea a portarli lì: si vedeva che conosceva la città come le sue tasche. Chissà perché, però, se ne era andato subito, dicendo di non muoversi finché non fosse tornato.

Così Aziz se ne stava all'ombra di un muro, leccando pian piano un gelato al limone e cioccolato, osservando quella città-formicaio e pensando che lì in mezzo, da qualche parte, stava rintanata Margot. Per sottrarsi alla polizia, oppure invece a qualcosa che la minacciava?

– A me piace anche cocco e pera...

– Come?

– Il gelato, voglio dire: mi piace anche cocco e pera – precisò Patrick.

– Boh. Per me il massimo è limone-cioccolato: i miei mi rompono sempre le scatole perché sostengono che è un abbinamento assurdo. Dicono che limone e cioccolato non vanno d'accordo.

– In effetti, sono un pochino diversi come gusto...

– Perché cocco e pera, invece, si assomigliano?! E poi, a me piacciono proprio per quello: una volta lecco di qua, una volta di là, un'altra tutti e due assieme. Ogni assaggio è diverso... ma come si fa a mangiarsi quei gusti mosci mosci?... crema-nocciola, limone-arancio, zabaione-torroncino... *bleah!*

– Hai ragione. A me zabaione-torroncino è sempre stato d'un antipatico... non so perché ma mi fa venire in mente il professore di musica quando arriva a scuola tutto elegante, con i capelli impomatati, il papillon beige, la sua bella camicina bianca e la giacca marrone, profumato che sembra il reparto detersivi del supermercato... quando lo vedo, penso che si è vestito zabaione-torroncino...

«Mettere insieme cioccolato e limone» stava pensando Aziz «è un po' come essere musulmani in Francia, vuol dire mischiare due cose tanto diverse: le tradizioni arabe della famiglia e il modo di vivere francese». Sarà stato anche strano, ma a lui piaceva un sacco... Voleva provare a raccontarlo a Patrick, ma proprio in quel momento comparve Ibrahim.

Era accompagnato da due ragazzi. Uno, più giovane, piccolo e grasso, con uno sguardo un po' ebete ma un sorriso così grande che quando si apriva gli riempiva tutta la faccia. L'altro più o meno dell'età di Aziz e Patrick, alto e secco: con quei capelli folti e ispidi, il naso grosso, le labbra carnose, faceva pensare a un cammello.

– Lui è Nabuk, e lui Cataf – fece le presentazioni Ibrahim. – Mi hanno dato una mano, insieme agli altri ragazzi del bazar.

– Una mano a fare cosa? – chiese Aziz.

– Buone notizie. Abbiamo scovato la vostra archeologa!

Quando Ibrahim li aveva mollati alla moschea, era ritornato subito al mercato e aveva recuperato qualcuno degli amici che aveva da quelle parti. In poco tempo si era riunita una vera e propria squadra degli impiccioni più rompiscatole della zona, i più incorreggibili curiosi delle faccende altrui, i più caparbi esploratori di cortili, vicoli e soffitte che fosse dato trovare: insomma, i più profondi conoscitori del quartiere.

Ibrahim descrisse Margot. I ragazzi si sguinzagliarono. Fecero domande a destra e a manca: al venditore di kebab, il montone arrostito («se c'è una nuova ragazza carina nella zona, lui la inquadra immediatamente»), alla portinaia del condominio all'inizio del viale, quello costruito da poco, abitato da gente piena di soldi («lei chiacchiera con chiunque le capiti a tiro»), all'arrotino ambulante («finisce che viene a sapere tutto di tutti»)... Alla fine individuarono una certa casa, tra le più vecchie, appena fuori dall'area del mercato.

Ebbero fortuna: dopo pochi minuti videro Margot uscire dal portone.

– Se vogliamo dare un'occhiata, questo è il momento – disse Ibrahim.

Ringraziarono Nabuk e Cataf. Il primo regalò un sorriso che mandò gli angoli della bocca ad agganciarsi con le sopracciglia. Il secondo fece solo un cenno in su col naso e poi sputò per terra. Proprio come un cammello.

«Chissà quanto tempo può restare senza bere?» pensò Aziz.

L'appartamento dove si nascondeva Margot era una cosa a metà strada tra una soffitta e una mansarda, all'ultimo piano di una tipica vecchia casa del Cairo. Una stretta scala di legno scricchiolante saliva ripidissima (neanche a parlarne, di ascensori!) e terminava davanti a una porta sgangherata.

– Scommettiamo che è aperta? – suggerì Ibrahim. – Qui da noi tutti conoscono tutti, e un furto sarebbe ben strano. Di solito nessuno chiude a chiave...

E infatti, per entrare, bastò girare la maniglia e spingere. L'appartamento era piccolo: una stanza unica con una cucina a vista e un bagno. Non lo si sarebbe detto l'abitazione di un'archeologa: pochi libri, nessun angolo riservato allo studio, non un oggetto che richiamasse l'Antico Egitto. Da un lato, due letti. Disteso su uno di quelli, però, Aziz riconobbe il vestito che Margot indossava il primo giorno che si erano incontrati. I tre si avvicinarono. A lato del letto, due sacche sportive riempite alla rinfusa. In una, documenti, fotocopie, dossier: le carte di lavoro di Margot! Nell'altra, abiti, una borsetta da toilette, scarpe da tennis, sandali col tacco, due quaderni, una boccetta di profumo, due spazzole... insomma cose così.

– Ehi, guardate qua! – esclamò Patrick. Da una delle borse aveva estratto un involto di carta di giornale. Lo poggiò sul letto, s'inginocchiò a terra e lo aprì. Quello che saltò fuori, a prima vista, sembrava un banale coccio di terracotta: un pezzo di vaso rotto. Patrick lo prese delicatamente tra le mani e lo girò. Sull'altro lato c'era un'immagine colorata, dipinta con colori che un tempo molto lontano dovevano essere stati brillanti: si trattava sicuramente di un antico disegno egizio. Raffigurava una specie di grossa barca, decorata da festoni e insegne, portata in volo da grandi uccelli che la trascinavano nell'aria grazie a lunghe corde.

– Ma che roba è? – fece Aziz.

Patrick alzò la testa verso l'amico. Nel breve tempo di quel movimento, ebbe ben chiara una lezione: mai commettere una violazione di domicilio senza almeno essersi presi la briga di mettere qualcuno di sentinella. Con la coda dell'occhio, infatti, inquadrò l'ingresso: sulla porta stava Margot!

– Quel coccio è un *ostrakon*, e voi non avreste dovuto assolutamente vederlo – disse dura.

Era sudata, affannata e aveva una smorfia tesa che le deformava il volto, e nella mano destra stringeva un coltello a serramanico.

Aziz teneva gli occhi fissi su Margot. Ibrahim era rimasto paralizzato di fianco al letto. Patrick cercò con gli occhi una via di fuga. Accidenti alle mansarde! Due piccolissimi lucernari erano l'unica apertura verso l'esterno, e ci sarebbe voluta una scala per raggiungerli!

Margot fece un passo verso di loro. Allora Patrick tentò il tutto per tutto: se quel coccio era così importante per l'archeologa, forse...

– Se ti azzardi a usare quel coltello, tiro questa roba contro il muro e la faccio a pezzi! – esclamò brandendo l'ostrakon davanti a sé.

Margot lo guardò per un secondo con gli occhi sbarrati: – Ma sei diventato matto, Patrick?! Cosa hai capito? – e ripiegò la lama del coltello, lo buttò sul divano e si lasciò cadere con un sospiro in una poltrona. – Ci mancavano solo i ragazzini investigatori! – disse guardandoli con fare sconsolato.

Patrick ebbe la sensazione di aver fatto una figuraccia, ma il disagio era cancellato dal sollievo di non doversi più aspettare una coltellata. O almeno così sembrava. Forse era meglio chiarire bene le cose. – Perché non ci racconti cosa sta succedendo? Com'è che sei sparita dalla circolazione?

– Cosa ci fate voi qui, piuttosto! Una rientra, vede dal basso la porta aperta, pensa che c'è qualcuno in casa sua (e con quello che sta accadendo in questi giorni non è una bella scoperta), si fa tre piani di scale con questo caldo pazzesco e il batticuore, s'immagina tutte le cose più terribili del mondo e si prende una fifa blu, e... e... ma vi sembrano cose da farsi? Ancora un po' e mi viene un infarto! –. E, nel ripensare allo scampato pericolo, scoppiò a ridere.

– Be', – iniziò Aziz – ti abbiamo vista questa mattina al bazar, abbiamo cercato di avvicinarti, ma non ci siamo riusciti, così...

– Non ci siamo riusciti... per forza! Con la fatica che ho fatto a seminarvi! Non vi è passato per la testa che se non volevo incontrarvi ci doveva ben essere un motivo? Di questi tempi forse non è salutare starmi vicino...

– Cosa vuoi dire?

– È una storia complicata e poco chiara anche per me; ma soprattutto, è meglio per voi non saperne nulla...

– Ma forse ne sappiamo già più di quanto tu creda! – sbottò Patrick.

Margot lo guardò perplessa: – Sarebbe a dire?

– Sarebbe a dire che Livingstone è morto ma potrebbe non essere stato un incidente e potrebbero esserci dei collegamenti con la faccenda del papiro scomparso.

– Tutto qui?

– Tutto qui?! Intorno alle ricerche che stavate facendo tu e il professore succedono un mucchio di cose strane: uno spettro si aggira di notte nell'ala del museo dove voi studiate, si materializza qualcosa di misterioso nel tuo ufficio, tu scappi portandoti via documenti e - soprattutto - quella specie di coccio che, se ben indovino, era la cosa importante che tenevi nel cassetto. Ma non è finita. Livingstone sostiene da anni una teoria su un faraone molto strano che potrebbe rivoluzionare il modo di pensare un bel pezzo di storia e un mucchio di gente non lo ama, per questo. E, guarda caso, tutta questa vicenda parte alla vigilia di una conferenza su certe tombe introvabili e sulla religione di Akhenaton. E vorresti farci credere che la scomparsa di Livingstone non c'entra con una vostra scoperta segreta e con le sue teorie sulla nascita del monoteismo?

Margot, Aziz e Ibrahim lo guardavano, allibiti. Margot si domandava come diamine facesse a sapere quelle cose.

Aziz si domandava come facesse a essere così sicuro di quello che diceva.

Ibrahim, che qualche difficoltà con il francese ce l'aveva, si domandava cosa avesse detto Patrick in quel discorso sparato a raffica.

Silenzio. Lo sguardo di Margot ruota piano da un ragazzino all'altro. Si lascia sprofondare un poco di più nella poltrona. Altro silenzio. Poi, con un sospiro, comincia: – E va bene... ve l'ho detto che è una storia lunga. In effetti hai ragione: c'entrano delle tombe che non sono mai state trovate, e che dovrebbero essere ancora intatte...

2

La mappa non c'è più

Più tardi, a tu per tu, Aziz avrebbe chiesto a Patrick come gli era venuto quel discorso tanto sfacciatamente sicuro.

«Mai sentito parlare di un bluff? Un bluff è quando cerchi di far credere al tuo avversario di essere più forte di quello che sei; se l'altro ci casca, si ritira e ti dà partita vinta. Io ci ho tentato, e Margot se l'è bevuta…»

«Ma… e se Margot, invece, avesse pensato che ti stavi inventando tutto?»

«Boh… mi è venuta così, senza riflettere. L'importante è che se la sia bevuta…»

Eh già, l'importante era che Margot se la fosse bevuta. Anche se… chissà se era andata proprio così? Poteva darsi che l'archeologa avesse deciso di raccontare comunque qualcosa, o avesse bisogno di sfogarsi... il bello (o il brutto) di un bluff è che anche tu non saprai mai che carte aveva in mano il tuo avversario. In ogni caso Margot attaccò a parlare, e di cose ne raccontò molte.

– Come sapete, i luoghi di sepoltura di Akhenaton e Nefertiti non sono mai stati individuati con sicurezza. Ma Livingstone era convinto di essere sulla buona strada per trovare il sepolcro della bella regina, e dovete anche sapere che la tomba dove hanno trovato morto il professore non è una tomba qualunque. Siamo pressoché sicuri che ci fosse sepolto Hbon-An-Nom, l'architetto di corte di Akhenaton...

– In sostanza, quello che avrebbe progettato e costruito la tomba di Nefertiti!? – esclamò Aziz.

– Proprio così. E non basta. I dipinti e i bassorilievi con cui era stata decorata la tomba dell'architetto sembra dessero indicazioni sulle caratteristiche e l'ubicazione del monumento che aveva realizzato.

– Una specie di mappa... muraria? – chiese Patrick.

– Esattamente.

– E com'è? – domandò Ibrahim.

– Qui sta il problema. Il fatto è che io non l'ho mai vista. Quando Livingstone ha individuato e aperto la tomba dell'architetto, io non ero al Cairo. Ci sono tornata pochissimo prima della famosa conferenza al museo: quella che poi non si è tenuta. Non ho fatto in tempo ad andare sul luogo degli scavi.

– E dov'eri?

– Stavo visitando un altro sito archeologico venuto alla luce di recente in Palestina. Un sito che il professor Livingstone riteneva molto importante per le sue ricerche.

Margot fece una pausa. I tre ragazzi la guardavano fissi. La faccenda si stava rivelando molto più affascinante di quanto avessero immaginato. Cosa c'entrava con Nefertiti una scoperta fatta in un posto tanto lontano dall'Egitto? Pendevano dalle labbra dell'archeologa.

– Le ricerche archeologiche non sono mai una cosa semplice. Succede spesso che rinvenimenti fatti in zone, talvolta addirittura in regioni o Paesi diversi, siano collegati fra loro. Per questo Livingstone mi aveva mandata in Palestina, dove è saltata fuori una cosa molto strana. Degli archeologi italiani hanno trovato i resti di un'abitazione, ancora in buone condizioni, che hanno ritenuto di poter datare intorno al 1650-1600 avanti Cristo:

cioè al periodo del regno di Akhenaton e Nefertiti...

– E cosa c'è di strano? – la interruppe Aziz. – Non è che nel 1600 avanti Cristo gli unici a costruire qualcosa fossero gli egizi!

– Fammi finire. Di strano c'è che, all'interno di questa casa, sono stati ritrovati oggetti di fattura egizia. Insomma: sembrerebbe la casa di un egizio. Solo che è in Palestina.

– Ma vi ricordate quello che ci ha raccontato Misha?! –. Era la voce di Patrick, questa volta: – Il dominio egizio, in quegli anni, era arrivato fino alla Palestina...

– Giusto – osservò Margot. – Ma c'è di più. Sapete che in molti casi, per garantire il segreto sul luogo di sepoltura dei sovrani dell'Egitto, si procedeva alla eliminazione fisica di tutti quelli che ci avevano lavorato. Insomma: operai, manovali, geometri, gli stessi progettisti... venivano... venivano ammazzati tutti. Be', sembra che Akhenaton non fosse tipo da uccidere centinaia di persone solo per salvaguardare il mausoleo della moglie. Però voleva comunque prendere delle precauzioni. Pare che abbia fatto trasferire altrove la maggior parte di quelli che avevano lavorato alla tomba. Il professor Livingstone pensava che per lo più fossero stati mandati lontano, nelle province più remote del regno, cioè in Nubia e in Palestina.

– Quindi nella casa che sei andata a vedere potrebbe aver abitato uno di quegli egizi?

– Ne siamo praticamente certi. E non è la casa di uno schiavo o di un semplice muratore. È abbastanza ricca e ben fatta per far pensare a qualcosa di più: forse un capomastro o una specie di geometra, il responsabile di una parte dei lavori... qualcosa così. L'ostrakon che tu volevi tirare contro il muro, Patrick, viene da lì.

– Ma cos'è un ostrakon? – chiese Ibrahim che da mezz'ora aveva quella domanda da fare.

– Un ostrakon, come avete visto, è un coccio di terracotta. Di solito è un pezzo di un vaso o comunque di un oggetto che si è rotto. Un tempo non era facile come oggi trovare materiale dove scrivere o disegnare. In Egitto, poi, il papiro era comunque un prodotto prezioso che pochi potevano permettersi e che non si poteva sprecare. Così, soprattutto per fare quelle che oggi chiameremmo le "brutte copie" si usavano gli ostrakon. Una lista della spesa, allora, l'avremmo incisa su un ostrakon. Ci si abbozzavano i dipinti più importanti, oppure ci disegnava chi non aveva sottomano del papiro o era troppo povero per acquistarlo.

Margot si allungò a prendere in mano il coccio con il dipinto della barca. – Chi abitava in quella casa trovata in Palestina o si è preso la briga di portarselo dietro fin dall'Egitto, o lo ha dipinto come ricordo di qualcosa di straordinario cui aveva assistito. Non a caso, l'ha conservato. E quel qualcosa, con ogni probabilità, c'entra con la tomba di Nefertiti.

– Come fai a esserne così sicura? – le chiese Patrick.

– Venite qua, ragazzi. Date un'occhiata.

I tre si misero intorno alla poltrona di Margot, che con il dito sfiorava piano il disegno, indicandone le varie parti.

– È chiaramente l'imbarcazione funebre di un faraone. Sono inconfondibili. Erano barche enormi, che raggiungevano anche i quaranta/cinquanta metri; venivano costruite per un unico viaggio, quello con il quale la salma del faraone defunto veniva trasportata sul Nilo fino al luogo della sua sepoltura. Erano fatte con una tecnica speciale, che consentiva di montarle e smontarle molto facilmente. In questo modo, una volta usate, le si poteva scomporre e seppellire insieme al corredo funebre del faraone: era credenza, infatti, che sarebbero servite nel viaggio da farsi nell'aldilà. Pensate che in alcuni casi sono state ritrovate perfettamente conservate e si è potuto ricostruirle integralmente. Guardate qua, adesso – proseguì Margot. – Queste specie di bandiere sono le insegne della casa regnante di Akhenaton e questi sono i colori distintivi di Nefertiti. Quindi, siamo di fronte alla raffigurazione dell'imbarcazione funebre regale.

– Ma… e questi uccelli che trasportano la barca?

– Quasi sicuramente è uno slancio di fantasia dell'autore. Forse la barca di Nefertiti era così eccezionalmente leggera ed elegante da suscitare in chi la vedeva l'idea che potesse volare. Gli egizi erano abituati a ragionare con le immagini, e avevano una fantasia particolarmente fervida…

– E quindi chi abitava in quella casa conosceva la collocazione della tomba di Nefertiti – mormorò piano Patrick, con lo sguardo fisso nel vuoto, quasi potesse vedere gli avvenimenti di tre millenni prima. – E se quel qualcuno potesse parlare, noi, adesso, avremmo in mano una scoperta sensazionale… invece… invece, tutto perso… che rabbia… –. Si riscosse di colpo: – Ma che dico! Ci stiamo dimenticando la mappa scolpita sui muri della tomba dell'architetto! Se c'è una mappa, c'è modo di trovare Nefertiti!

L'entusiasmo di Patrick contagiò subito Aziz e Ibrahim. I tre cominciarono a parlare tutti insieme, facendo ognuno un'ipotesi diversa.

Ma qualcosa non andava. Quando si accorsero che Margot se ne stava zitta, osservandoli con fare sconsolato, tacquero anche loro. Nel silenzio, Margot sospirò solo dieci parole.

– Mi spiace, Patrick. Ma la mappa non c'è più.

– Non c'è più?! – gridarono in coro i tre.

– No – replicò seccamente Margot.

– Ma se hai detto che è sui muri della tomba dell'architetto! – esclamò Patrick. – Un muro non è un pezzo di carta, che si brucia, si logora, si strappa... un muro...

– ...un muro si scalpella... – lo interruppe Aziz che in quel momento, di colpo, aveva capito.

– Appunto – attaccò Margot. – Un muro si scalpella. E la mappa è stata cancellata.

– E sono stati i... come si chiamavano... i copti?

– Penso proprio di no, Aziz. Qui comincia il lato inquietante di tutta questa faccenda.

Margot si fermò, quasi stesse pensando se era opportuno continuare. Ma ormai, arrivata a quel punto...

– Li avete sentiti i notiziari, no? Hanno detto che nella tomba non c'era niente di particolare e che le decorazioni delle pareti erano tutte rovinate. Ma io so che, quando Livingstone ha scoperto la tomba, le pareti erano ancora integre. Lui e Goffrey le hanno viste.

– E chi è Goffrey?

– Goffrey Sigraan è l'assistente inglese del

professore. Quel tipo basso e grasso che avete incrociato al museo. È venuto qui in Egitto apposta per questa ricerca... insomma, capite che, quando sono venuta a sapere di questa cosa delle pareti scalpellate, ho immediatamente sentito puzza di bruciato: qualcosa non andava.

– Vuoi dire che qualcuno ha ammazzato il professore per cancellare i bassorilievi che aveva scoperto?

– Qualcosa del genere. Non posso sapere esattamente come sia andata; quel che è certo è che il responsabile della scalpellatura non può essere il professore: non lo avrebbe mai fatto. Amava troppo il suo lavoro...

– Però non è ancora detto che non c'entri una specie di maledizione –. Ibrahim, da buon egiziano, non trascurava le soluzioni più fantasiose. – Una maledizione che colpisce chi vìola la tomba e impedisce che i segreti diventino di dominio pubblico...

– Io non ci credo molto, al soprannaturale – rispose Margot. – Ma in questa vicenda assurda tutto è possibile. In ogni caso, quello di cui mi sono convinta subito è che per chi conosce i particolari della ricerca di Livingstone non tira aria buona. Così ho pensato bene di sparire per un po' dalla circolazione. Ho chiesto ospitalità a un'amica che abita in questa mansarda e ho lasciato ufficio e casa. E sapete una cosa? Penso di aver fatto bene. Quando voi siete entrati qui, ero scesa a fare una telefonata da una cabina pubblica: è più sicuro. Ho chiamato il mio numero e ho ascoltato i messaggi sulla segreteria telefonica. Ce n'era uno di Goffrey: era chiaramente preoccupato. Mi ha detto di andare da lui, perché mi deve dare qualcosa di molto importante. Io dovrei aspettare ventiquattr'ore e poi consegnare a mia volta quel qualcosa al direttore del museo. Dice che è una questione di vita o di morte.

– E tu ci vuoi andare? – disse Aziz con una smorfia. – Ci si può fidare di quello lì? E se c'entrasse proprio lui con la morte del professore? In fondo hai detto che era l'unica altra persona ad aver visto la tomba...

– Se devo dirvi la verità, ragazzi, non è che Goffrey mi stia molto simpatico. Ha quel modo di fare un po' infido che non mi piace proprio. E, in diverse occasioni, ho avuto l'impressione che mi nascondesse qualcosa. Poi ha quel vizio di masticare chewing gum dalla mattina alla sera, sbattendo la bocca... ecco, quello davvero non lo sopporto... ma lasciamo perdere: non sono queste le cose importanti. Nell'insieme, non credo che sia capace di un omicidio. Penso piuttosto che sia lui ad avere paura di qualcosa. E devo dargli una mano.

– E noi ti accompagniamo – fece Aziz.

– Non se ne parla nemmeno: è troppo pericoloso.

– Al contrario – intervenne Patrick. – È troppo pericoloso andare da sola. Verremo con te ma sarà come se non ci fossimo: ti terremo d'occhio da lontano, senza farci notare. Siamo dei ragazzini e nessuno baderà a noi: se succederà qualcosa di strano, daremo l'allarme, che ne dici?

Patrick restò un momento soprappensiero. Lui è uno che, certe lezioni, le impara: – Mai andarsi a incastrare in una situazione pericolosa senza almeno lasciare un amico a fare il palo – concluse. Difficile dargli torto.

3

Un orribile ritrovamento e un'idea geniale

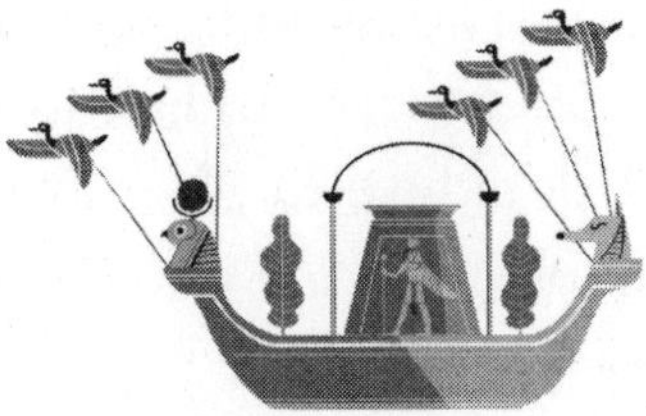

Fuori c'era una luce accecante e faceva un caldo atroce. Per fortuna, la casa di Goffrey non era molto distante e dovettero camminare solo per pochi minuti.

A un certo punto, appena svoltato un angolo, Margot si fermò.

– Ok, ci siamo. Goffrey abita là. La vedete quella casa alta e stretta, dall'altra parte della strada, incassata fra quei due palazzi più grandi? Ecco, Goffrey sta anche lui in una mansarda; conviene che qualcuno di voi rimanga di guardia al portone d'ingresso di legno verde, lo vedete? Proprio quello da cui sta uscendo adesso quel tipo con i capelli biondi...

– Non sono biondi, sono bianchi... – obiettò quel rompiscatole di Aziz.

– Non sono bianchi! Sono solo chiarissimi, come la pelle... – gli rimpallò Patrick.

– Sì, e cos'è: un albino? Ma tu non ci vedi! Sono bianch...

Margot li guardò scuotendo sconsolata il capo: – Solo così per sapere: andate avanti tanto? Siamo qui per decidere la sfumatura dell'acconciatura di quel signore o per venire fuori da questa faccenda?

– Scusa, – fece Patrick – è che ultimamente, a proposito di capelli, Aziz è molto sensibile...

– Quindi, se mi permettete, – riprese la ragazza – vorrei finire di darvi istruzioni; e che nessuno si sogni poi di fare cose diverse: ricordatevi che questi erano i patti. Allora: Ibrahim, che dà meno nell'occhio, rimarrà vicino al portone. Voi due resterete sulle scale. Se notate qualcosa di sospetto, vi lanciate un richiamo e mi avvertite. Stop. Non vi muovete e non fate niente di rischioso. Ok?

– Ok – risposero i tre in coro.

Ibrahim andò avanti, prendendo posizione. Margot lo seguì poco dopo; qualche metro dietro, Patrick e Aziz. Entrarono. L'atrio era fresco. Man mano che salivano le ripide scale però, la temperatura tornava ad aumentare. I due ragazzi si fermarono a metà, sedendosi sui gradini, mentre Margot, poco sopra, proseguiva.

L'archeologa arrivò in cima. Le scale terminavano proprio davanti alla porta di Goffrey, che era socchiusa. Strano. O Goffrey era in casa, o c'era qualcosa che non andava. Meglio non bussare. Margot sentì il corpo irrigidirsi per la tensione. Spinse l'uscio e le apparve una piccola stanza, abbastanza ordinata. Deserta. Entrò e l'occhio le cadde subito su una grande busta, appoggiata su un tavolino vicino all'ingresso: sopra, scritto a grandi lettere con un pennarello, il suo nome. Dunque Goffrey era già stato lì dopo averle lasciato quel messaggio sulla segreteria telefonica. La busta, però, era vuota.

Diede un'occhiata tutto attorno. Un po' dappertutto c'erano disseminati piccoli reperti, riproduzioni di opere d'arte, papiri coperti da mille disegni; in un angolo, in piedi, c'era persino una specie di sarcofago di legno coloratissimo, che all'occhio esperto di Margot diede l'idea di essere autentico: «Chissà dove l'avrà recuperato?» si domandò tra sé e sé. «Il mercato nero di reperti archeologici, qui al Cairo, fa proprio miracoli...» La ragazza si rassicurò: la casa era vuota. Non c'era altro da fare che aspettare: Goffrey sarebbe di certo tornato. Nel frattempo, cominciò a esplorare la mansarda con più attenzione: magari poteva trovare le cose così importanti che Goffrey voleva mettere nella busta.

Al centro della stanza c'era un tavolo da lavoro occupato solo da un paio di libri messi in un angolo. Proprio davanti alla sedia, ancora scostata come se qualcuno si fosse appena alzato, c'erano poi una squadra, una matita e una gomma. Margot guardò meglio. Il tavolo era coperto di quei piccolissimi residui che lascia una gomma usata per cancellare. Si sarebbe detto che Goffrey avesse disegnato qualcosa, e qualcosa di piuttosto complicato, se aveva corretto tante volte. Con una smorfia di disappunto, Margot non poté che constatare però che quel qualcosa non c'era. Gironzolò ancora un po'. L'unica cosa significativa era una cartelletta con della carta da lettere, lasciata aperta sul letto rifatto: fogli e buste stavano sparpagliati sul lenzuolo, come se Goffrey l'avesse aperta con una certa fretta. Voleva probabilmente scrivere a qualcuno, forse proprio a lei.

Margot restò lì per qualche secondo, indecisa se andarsene o attendere ancora. Fu proprio allora che, mentre lasciava correre lo sguardo per la stanza, dal tavolo al letto, dal letto al papiro appeso al muro, dal papiro al sarcofago, la vide. Una piccola macchia... ai piedi del sarcofago, piano piano, si allargava una piccola macchia scura. Sentì pesanti gocce di sudore correrle lungo la schiena.

– No – mormorò. – Non è possibile…

Si avvicinò al sarcofago e si chinò lentamente. Toccò appena la superficie della macchia con l'indice. Lo sfregò contro il pollice. Le dita restarono sporche di un rosso ocra che confermava il suo terribile sospetto: sangue! Dovette fare un grande respiro e usare tutto il suo coraggio per decidersi ad aprire il coperchio del sarcofago... si ritrasse inorridita: dall'interno, il cadavere di Goffrey la guardava con gli occhi sbarrati e una smorfia di terrore sulla bocca spalancata.

A volte, nei momenti più impensati, ti succede di reagire nel più impensato dei modi. «Ha finito di masticare chewing gum» fu tutto quello che riuscì a pensare Margot mentre richiudeva il sarcofago con le mani tremanti. Poi fu come se tutta la stanza si mettesse a girare.

Aziz non era tipo da rispettare le consegne.

– Ci mette troppo – aveva sussurrato. Aveva lasciato lì Patrick ed era salito verso la mansarda per origliare. Appena in tempo per sentire un tonfo sordo. Poi più niente. Silenzio. Non ci stette a pensare su e aprì la porta. Margot era a terra, svenuta. Aziz fece un fischio a Patrick e corse a rianimarla. Ma non ce ne fu bisogno, perché la ragazza si stava già riprendendo. Aveva il viso pallido e tirato. La canottiera che indossava era madida di sudore. Si mise a sedere e in pochissime parole raccontò l'essenziale.

– Dunque restiamo con un pugno di mosche... – commentò Aziz.

– Certo, ma non vorrei che la facessimo noi, la fine delle mosche... togliamoci di torno al più presto... – suggerì Patrick avvicinandosi alla porta. Ma si fermò a metà del movimento, come se si fosse accorto solo allora di qualcosa. Inspirò profondamente un paio di volte, annusando l'aria.

– Ma non lo sentite anche voi, questo odore? – chiese.

– È il profumo di Goffrey – rispose Margot. – È un'essenza. Le essenze sono prodotti tipici, da queste parti: si fanno con i fiori e le piante.

– È forse questo? – chiese Aziz uscendo dal bagno con in mano una boccettina di vetro decorata a ghirigori dorati.

Patrick se la portò al naso... ma certo! Esotico e amaro: – È lo stesso che ho sentito nell'ufficio di Margot quando è andata via la luce e sono stato sfiorato da quella "cosa"! Ci potrei scommettere!

– In effetti sarebbe stato facile per lui far saltare la luce e introdursi di nascosto nel mio studio.

– Pensando che, così tardi, non ci sarebbe più stato nessuno...

– Conosceva a menadito quei corridoi, ma appena ha aperto la porta ed è entrato...

– Ha avvertito che nella stanza c'era qualcuno...

– Come io ho *sentito* lui, lui ha *sentito* noi... – commentò Patrick.

– Non se l'aspettava. Dev'essere rimasto lì un po' senza sapere cosa fare: poi ha deciso che non valeva la pena di rischiare e se ne è andato.

– Ma cosa voleva?

– Non lo so – mormorò Margot. – So solo che quel pomeriggio stesso gli avevo mostrato l'ostrakon. E so anche, a questo punto, che c'è un giro di grossi interessi attorno alle ricerche di Livingstone. Così grossi da spingere qualcuno a uccidere. Così non mi stupirei se Goffrey avesse voluto impadronirsi dell'ostrakon...

– Va bene, – ribadì Patrick – forse non è il caso che stiamo qui tanto a discutere. Vediamo di filarcela, prima che arrivi qualche poliziotto... o qualcosa di peggio...

I tre uscirono e cominciarono a scendere.

Margot camminava piano. Con un gesto nervoso continuava a scostarsi i capelli dal viso: – Tutto quello che mi è venuto da pensare mentre lo guardavo era che aveva smesso di macinare sotto i denti i suoi odiosi chewing gum… ma si può? Mi sento un verme…

– Non ci pensare, – diceva Patrick tenendola per un braccio – andiamocene…

Ne fecero un po', di scalini, prima di accorgersi che Aziz non li seguiva. Era rimasto poco più su, appoggiato alla ringhiera.

Poi, con la mano, fece cenno di aspettare. Con due salti li raggiunse.

– Sentite. Sarà anche una sciocchezza gigantesca, però mi è venuta un'idea. Goffrey aveva la bocca spalancata, giusto? Ma dentro alla bocca non hai visto il suo solito chewing gum. E lui lo masticava giorno e notte, no? Ora: può averlo perso, d'accordo; o magari, eccezionalmente, proprio nel momento in cui l'hanno ucciso non stava ruminando come al solito. Ma appena prima che lo uccidessero stava disegnando qualcosa al suo tavolo, e probabilmente si trattava di una faccenda piuttosto lunga. Difficile che Goffrey rinunciasse proprio in una situazione del genere al suo vizio.

– Dove vuoi arrivare?

– Goffrey sta disegnando qualcosa di importante e possiamo supporre che stia masticando il chewing gum. Ma, ora, il disegno non c'è più. E il chewing gum neppure. Come facciamo noi, Patrick, quando durante i compiti in classe ci passiamo i foglietti con i suggerimenti e vogliamo farli sparire velocemente perché di colpo il professore si alza dalla cattedra e viene a curiosare in mezzo ai banchi? È qui che voglio arrivare…

Patrick lo guardò con un lampo negli occhi. Valeva la pena di tentare: – Dai!

I due schizzarono su, rifacendo i gradini tre alla volta. E Margot restò lì, senza capire.

Non passò neanche un minuto che la ragazza li vide tornare giù, come volassero: Aziz sorrideva e aveva uno sguardo di trionfo negli occhi. Sventolava un minuscolo pezzo di carta stropicciato: di quelli che fanno da involucro ai pacchetti di caramelle. O di chewing gum…

4

Un mistero svelato e una lettera d'amore

Più tardi, nella mansarda di Margot, stanno tutti e quattro seduti attorno al tavolo. Al centro c'è la carta del chewing gum, stirata alla bell'e meglio. Margot allunga piano la mano e la prende delicatamente tra le dita. La gira e la rigira davanti agli occhi. Incredibile: su una superficie di pochi centimetri quadrati stanno gli schizzi di una serie di disegni che hanno tutta l'aria di venire dall'Antico Egitto. Pur essendo abbozzi, chiaramente buttati giù in gran fretta, sono abbastanza precisi e dettagliati. Margot si ricorda che Goffrey era un buon disegnatore. Non osa dirlo, ma le viene da pensare che…

– Ma come vi è venuto in mente? – chiede.

– È come ha detto Aziz – risponde Patrick. – Quando abbiamo bisogno di far sparire qualche biglietto compromettente, durante i compiti in classe, usiamo la gomma da masticare: in caso di necessità, la appiccichiamo sotto il banco e ci attacchiamo il foglietto. Ci vuole un secondo, e se serve, lo si può recuperare. Insomma, molto meglio del vecchio metodo di inghiottirlo.

– Goffrey – precisa Aziz – stava disegnando, probabilmente per copiare in bella questi schizzi o per riprodurli più in grande. Qualcuno bussa, o addirittura entra, e lui fa la cosa più intelligente e veloce: si toglie il chewing gum di bocca, lo attacca sotto al tavolo e incolla l'originale, che è presumibilmente prezioso, visto che vuole nasconderlo.

– Però è probabile che il suo assassino si sia preso la copia... – interrompe Margot.

– È probabile. Ma non sappiamo a che punto del lavoro fosse arrivato Goffrey. Potrebbe anche non averlo finito – obietta Patrick. – Come quella volta che il prof di matematica ha ritirato il compito prima che facessi in tempo a copiare tutte le equazioni che mi aveva passato Aziz...

– Comunque noi abbiamo la copia... perché anche questo foglietto è la copia di qualcosa, vero Margot?

– Centrato! Goffrey era molto bravo nel disegno

a mano libera. Ed era anche molto veloce: Livingstone chiedeva spesso il suo aiuto per copiare iscrizioni o decorazioni rinvenute nei siti archeologici che voleva poi studiarsi con calma a casa. Direi che potremmo trovarci davanti alla mappa che è stata cancellata dalle pareti della tomba dov'è morto il professore...

– È chiaro! – esclamò Ibrahim, che fino ad allora se ne era restato in silenzio. – Goffrey ha copiato i bassorilievi di nascosto da Livingstone, e l'ha fatto evidentemente di fretta, forse in un momento in cui è stato lasciato solo nella tomba. Così ha usato le prime cose che gli sono capitate sotto mano: la penna che aveva in tasca e la carta della gomma da masticare.

– E allora, cosa vogliono dire i disegni? – chiese infervorato Aziz.

– Non è facile risponderti. Forse la prima cosa che dobbiamo fare è la stessa che stava facendo il povero Goffrey: proviamo a riprodurre il tutto più in grande e un po' meglio.

Margot frugò nella sua borsa e ne tirò fuori un foglio di carta da disegno. Si sedette e lavorò qualche minuto. Di tanto in tanto prendeva il foglietto e lo scrutava da vicino, tentando di decifrare al meglio i segni sommari tracciati da Goffrey. Alla fine, ecco quello che venne fuori: – Una donna che versa acqua, una città sotto i raggi di Aton, un corteo che entra in una piramide, degli operai che lavorano... –. I tre ragazzi seguivano le immagini con lo sguardo.

– Non ho la più pallida idea di che cosa voglia dire con esattezza... – concluse Margot. – Ho bisogno di lavorarci sopra. Forse è meglio se ne riparliamo domani.

– Ma no! – esclamarono i tre ragazzi quasi all'unisono. – Non puoi lasciarci così, in sospeso! Sarà una tortura aspettare fino a domani!

– Mi spiace, ma non so cosa farci. Però, in cambio, posso darvi la soluzione di un altro mistero. Ve la siete meritata. Volete sapere chi è lo spettro del museo?

I tre strabuzzarono gli occhi. Guardarono Margot alzarsi, aprire un armadio ed estrarne un'ampia mantella nera con un cappuccio. – *Et voilà!* – esclamò avvolgendosela attorno al corpo con un gesto teatrale. – Ecco a voi la creatura misteriosa che ha fatto parlare i giornali e le televisioni!

– Eri tu?!

– E chi altri? Mi sono infilata nel museo di notte per andare a riprendere le mie carte. Non volevo facessero la fine di quelle di Livingstone, che sono scomparse. E andarci di giorno mi sembrava molto pericoloso: avevo già deciso di nascondermi per un po'...

– E quella storia dello sparire e riapparire?

– A dire la verità, speravo di non essere vista, ma quei custodi notturni... a ogni modo, conosco così bene la disposizione del museo che era un gioco da ragazzi seminarli.

– Che in queste cose ci sai fare l'abbiamo sperimentato anche noi, a nostre spese, al bazar...

– Ma allora, – commentò Aziz come dispiaciuto – quasi tutto il soprannaturale di questa storia diventa spiegabile: la "cosa" misteriosa nell'ufficio di Margot era in realtà Goffrey; lo spettro del museo era Margot...

– Altro che pugno di mosche, quindi – disse Patrick. – Abbiamo l'ostrakon (e se Goffrey lo voleva rubare, ci sarà stato pure un motivo) e, soprattutto, abbiamo la mappa muraria...

– E non è finita – intervenne Margot, con un sorriso furbo. – Non crederete che Goffrey fosse l'unico così sveglio da prendersi la precauzione di fare delle copie, no?

– Ma quella lì è la borsa di Mary Poppins? – chiese Ibrahim osservando Margot che ancora una volta frugava fra le sue cose. In effetti l'archeologa tirò fuori dalla sua sacca qualcosa che i tre non si sarebbero mai aspettati.

– È una regola che impari subito, alla facoltà di archeologia: quando hai qualche pezzo importante sottomano, qualche testo su cui dovrai lavorare, fanne una copia e mettila al sicuro. Non si sa mai. Per mille motivi potrebbe capitare poi di non poter più disporre dell'originale... potrebbe finire nei laboratori per lunghissime analisi scientifiche, potrebbe essere immediatamente dirottato in qualche museo, potrebbe essere fatto di materiale deperibile che, portato alla luce, si decompone in pochissimo tempo... così, appena ho avuto a disposizione il papiro che poi è sparito dallo studio di Livingstone, me lo sono ricopiato per bene e l'ho archiviato tra il mio materiale di lavoro.

Aziz srotolò il foglio sul tavolo e apparve una serie lunghissima di segni strani.

– Ma non sono geroglifici! Per forza Livingstone non riusciva a capire cosa volessero dire!

– No, non sono geroglifici veri e propri, effettivamente – rispose Margot. – È una scrittura che si chiama "ieratica" ed è un po' più vicina a quelle moderne. Veniva usata nell'Antico Egitto dai sacerdoti, ed era più veloce. Scrivere in ieratico invece che in geroglifico era un po' come, oggi, scrivere in corsivo invece che in stampatello.

– Quindi Livingstone la conosceva...

– Eccome. Non è per questo che non è riuscito a prima vista a decifrare il papiro.

– Cosa vuol dire «a prima vista»? Vuoi dire che studiandolo meglio...

– ...studiandolo meglio sono riuscita a capire cosa c'è scritto. Mi spiego: vi ho detto che l'ostrakon è stato rinvenuto in Palestina? Bene, anche questo papiro viene da lì. È stato scritto da qualcuno che sapeva l'ebraico, ma che per esprimersi ha usato un alfabeto egizio. Sono parole ebraiche, trascritte in egiziano. Immaginatevi di leggere un testo greco o russo scritto utilizzando il nostro alfabeto. Se credete di leggere qualcosa che ha senso nella nostra lingua, non capirete nulla. Verrebbe fuori un suono che non vuol dire niente. Ma se lì davanti a voi ci fosse un greco o un russo, capirebbe benissimo. Insomma, Livingstone ha fatto qualcosa del genere: ha letto in egizio, facendosi trarre in inganno dalla scrittura che aveva sotto gli occhi, un testo che in realtà aveva senso solo in ebraico...

– D'accordo – disse Aziz. – Ma a me interessa di più sapere cosa c'è scritto su 'sto papiro...

– Si direbbe che sia una specie di poema, o di poesia, scritta da Akhenaton in persona. Aveva una certa vena poetica... ecco, guardate... – e Margot tornò a rovistare nella solita borsa, tirando fuori numerose fotocopie di un unico foglio scritto a mano. – Mi sono fatta aiutare da un collega del museo che è di Gerusalemme. Ecco quello che è venuto fuori...

Così ha scritto Akhenaton, figlio di Aton,
sovrano dei due Egitti:
«Tu ami la Luna, mia bella Regina,
ma la Luna non è calda come Aton (il Sole)
i cui raggi nutrono ogni campo,
riscaldano le creature, creano le stagioni.
Eppur tu hai ragione, mia adorata,
perché la Luna riflette la luce del Sole
e rende Aton visibile anche nella notte;
grazie a lei, notte e giorno additano
ugualmente la strada a chi la cerca.
Così tu sei Luna; e io sono Sole.
Così come io ti lascio ogni mattina,
il Sole si separa dalla Luna, all'alba,
quando esce come sposo dalla stanza nuziale.
Tu sei stata la prima Regina/Luna
capace di riflettere lo splendore
del Faraone/Sole.
E io e te ci rifletteremo
l'un l'altro per l'eternità
quando saremo nel luogo
che non ha bisogno della luce del Sole,

né della luce della Luna,
perché la gloria di Aton lo illumina sempre;
nel luogo le cui porte non si chiuderanno mai
durante il giorno
perché non vi sarà...».

– ...perché non vi sarà cosa? – chiese Patrick.

– E chi lo sa? Purtroppo la parte finale del papiro era letteralmente polverizzata: temo non sapremo mai come andava a finire. Che ne dite?

– Non saprei... è bella... – sussurrò Aziz.

– Sarà anche stato un visionario, ma quando si metteva a scrivere ci sapeva fare. Pensate che una stele ci ha tramandato un suo *Inno ad Aton*: un testo così moderno che gli studiosi l'hanno avvicinato a un famoso salmo dell'Antico Testamento e addirittura al Cantico delle Creature di San Francesco...

Ibrahim fece capolino alle spalle degli altri: – A dire la verità, non ho capito proprio tutto...

– Akhenaton sta parlando con la moglie Nefertiti, che probabilmente amava particolarmente la luce della luna: doveva essere una romanticona... Akhenaton parte dicendo che la luce lunare non vale quella del sole, che vi ricordo coincide con il dio Aton ed è la fonte di tutta la vita. Poi, però, ci pensa meglio: la luna fa una specie di miracolo perché riflette i raggi del sole durante la notte. Sapete che è per questo che la vediamo, no? Allora, ad Akhenaton viene spontaneo un paragone: lui è il faraone, figlio di Aton, dunque è come il sole; Nefertiti gli sta vicino e ne rispecchia la gloria, quindi è come la luna; e il gesto con il quale, alla mattina, Akhenaton si leva dal letto dove ha dormito con Nefertiti ricorda il momento in cui inizia il giorno e il sole e la luna si lasciano, fino alla notte successiva. E poi sapete che Nefertiti sarebbe stata la prima donna a fare le stesse cose dei faraoni: porta le insegne del potere, si veste da soldato, giudica i nemici sconfitti... per questo leggiamo che è stata l'unica regina capace di riflettere lo splendore del faraone...

– Appunto come la luna e il sole... – commentò Patrick.

– Appunto. E come la luna e il sole, dice Akhenaton, i due sposi si rifletteranno per sempre. E l'uno sarà il complemento dell'altra, anche là dove andranno dopo la morte, che non sarà sufficiente a separarli...

Ci fu un lungo silenzio nella stanza. Ad Aziz sembrava che, man mano che leggevano, Akhenaton e Nefertiti si fossero piano piano materializzati lì davanti a loro e adesso li guardassero, tenendosi per mano.

– A me sembra una bellissima lettera d'amore – mormorò.

Poi i quattro uscirono insieme dalla casa di Margot, dopo essersi dati appuntamento per il giorno seguente. L'archeologa raggiunse una cabina telefonica per avvertire la polizia di andare a dare un'occhiata nell'appartamento di Goffrey: – Bisogna farlo, – aveva detto – ma meglio con una chiamata anonima...

Aziz e Ibrahim andarono a prendere lo zio Misha al museo, come al solito. Patrick - inutile dirlo - finì davanti a un computer, con una delle fotocopie del testo di Akhenaton in tasca. Aveva un mucchio di novità da raccontare a Julie.

Margot comincia a sentire la schiena indolenzita. È curva sulla scrivania, dove una piccola lampada illumina la copia della "mappa". Attorno, sparsi dappertutto, ci sono libri aperti, fotocopie, schizzi, fotografie. Fuori dalla finestra spalancata la notte è calda e silenziosa. Di tanto in tanto un gatto miagola dai tetti vicini. «Il gatto era un animale sacro per gli antichi egizi» riflette Margot. «Chissà se è di buon auspicio...»

«Coraggio, facciamo il punto della situazione» si dice. «Allora: questa città sotto i raggi di Aton è Tell el-Amarna, la nuova capitale costruita da

Akhenaton, non ci sono dubbi: è il modo più comune di raffigurarla. Il corso d'acqua disegnato in questo modo, invece, non può che essere il Nilo. E la piramide è messa a destra: dunque, si trova a est del Nilo (non per niente c'è anche un sole che sorge) e non a ovest, dove fino a quel momento si erano costruite le necropoli dei faraoni. Questo cartiglio è quello di Nefertiti. Nella parte alta di questo triangolo ci sono degli operai che lavorano: tutto fa pensare che sia di nuovo la piramide. E infatti questo più in basso è un corteo funebre: qui c'è il sarcofago, qui gli averi del sepolto, qui le offerte rituali... insomma: mi sembra che ci siamo. Ed è una bella emozione, non c'è che dire. Questa pittura - o bassorilievo che fosse - racconta che a est di Tell el-Amarna, sulla riva destra del Nilo, è stata costruita una piramide, dove è stato effettivamente seppellito qualcuno. E quel qualcuno - al 99% - è Nefertiti! Resta da capire come sia possibile che una tomba che tutti cercano sia proprio lì, a Tell el-Amarna, e nessuno l'abbia mai trovata. Ma a questo ci penserò domani: sono le tre e direi che mi sono meritata un po' di sonno. La notte porterà consiglio.»

Ma la notte porta anche delle gran belle coincidenze. Margot non sa, infatti, che esattamente nello stesso momento, a quattromila chilometri di distanza, e precisamente ad Artoux, in Francia, un'altra fanciulla ha appena finito di fare sorprendenti scoperte su Akhenaton e Nefertiti. Come Margot, anche lei sta spegnendo la luce. E come Margot resta lì nel buio a pensare che talvolta le scoperte producono più interrogativi che risposte.

5

"La più grossa frottola della nostra vita..."

Margot dormiva ancora, il mattino dopo, quando Aziz e Ibrahim bussarono decisi alla sua porta. Mentre andava ad aprire le tornarono alla mente anche i risultati del suo lavoro notturno e, man mano che il cervello si snebbiava, le divenne anche chiaro il da farsi. La notte aveva fatto il suo dovere, e aveva portato il consiglio che le serviva!

Aziz e Ibrahim dovettero avere pazienza, perché Margot si rifiutò di raccontare alcunché senza prima aver fatto colazione. I due ragazzini ne approfittarono per spiegarle che Patrick avrebbe tardato perché era passato dal solito Internet point.

Finalmente Margot riferì la sua ipotesi sul significato della "mappa".

– Ma scusa, – chiese Aziz – se le necropoli venivano sempre messe a ovest del Nilo, perché questa tomba invece è a est?

– Perché anche in questo Akhenaton è un innovatore. La riva destra del Nilo, infatti, essendo quella occidentale, veniva associata al tramonto del sole, dunque simboleggiava il tramonto della vita, la morte: perciò era la sede delle città dei morti. Le città normali, quelle dei vivi, stavano invece sulla riva orientale, quella dell'alba, dello spuntar del sole, cioè della vita. Akhenaton annulla tutta la religione precedente, ossessionata dall'oscuro mondo dei defunti. Parla di una religione nuova, fatta di luce e di vita, e vuole testimoniarla fino all'ultimo: le tombe non si scaveranno più dove il sole si spegne, ma dove si accende: la vita continua anche dopo la morte. Ma queste cose, ahimè, sono ormai abbastanza note agli studiosi; e dunque le tombe sono state già cercate anche sulla riva destra del Nilo: quelle di Akhenaton e Nefertiti non sono mai state trovate, è vero, ma la necropoli della città sì. Quindi la nostra non è una scoperta poi così clamorosa...

– Ma la mia sì! – esclamò Patrick, entrato di corsa proprio in quel momento sventolando un foglio di carta. – O almeno credo... insomma... forse... è una scoperta clamorosa, se solo riuscissi a capire cosa ho scoperto… o meglio, cosa ha scoperto Julie… –. E mostrò agli altri il foglio, sul quale aveva stampato l'e-mail ricevuta dall'amica.

A: squalopat@intermail.com
Da: pesciolinarossa@francemail.fr
Oggetto: Guarda un po' cosa si scopre curiosando in rete

Caro Patrick,

sono le tre di notte e ti scrivo di nascosto (se mio padre mi trova alzata, sono guai) per raccontarti una cosa curiosa.

Quando sono andata a letto non riuscivo a dormire, immaginandomi come potrebbe essere scoprire la tomba inviolata di un faraone! E poi fantasticavo sulla storia tra Akhenaton e Nefertiti (e, a proposito, concordo con Aziz: il testo del papiro che mi hai mandato mi sembra proprio una bellissima dichiarazione d'amore): non se ne trovano tante, di storie così, sembra un film! Anzi: perché da grandi non facciamo i registi e il film su di loro non lo facciamo noi?

Insomma: alla fine ero sveglia come un grillo, mi sono alzata e così, tanto per ingannare il tempo, ho acceso il computer. Volevo risponderti ma, quando mi sono collegata a Internet, mi è venuta un'idea strana: ho aperto un motore di ricerca e ho provato a metterci dentro alcuni versi della poesia di Akhenaton. Le prime volte il computer non trovava nulla. Poi, invece, arrivata a metà della poesia... guarda un po' cosa è saltato fuori.

Il computer rinviava a un sito tutto incentrato sulla Bibbia: se ti colleghi, puoi scoprire com'è fatta, quando sono stati scritti i diversi libri che la compongono, chi erano i personaggi che ci trovi dentro... e poi c'è il testo integrale dell'Antico e del Nuovo Testamento.

Insomma: ho immesso in Internet, uno dopo l'altro, diversi passaggi del papiro. Per esempio: "Così come io ti lascio ogni mattina, il Sole si separa dalla Luna, all'alba, quando esce come sposo dalla stanza nuziale" mi rinviava al libro dei Salmi, per l'esattezza al 19, dove c'è scritto: "il sole esce come sposo dalla stanza nuziale...".

Mentre la parte finale: "che non ha bisogno della luce del Sole, né della luce della Luna, perché la gloria di Aton lo illumina sempre; nel luogo le cui porte non si chiuderanno mai durante il giorno perché non vi sarà..." mi rinviava a un brano del libro dell'Apocalisse, che, guarda caso, è il libro del Nuovo Testamento che subisce più di tutti l'influsso del Vecchio, delle tradizioni tramandate oralmente e dei detti dei Profeti:

La città non ha bisogno della luce del sole,
né della luce della luna,

perché la gloria di Dio la illumina;
le sue porte non si chiuderanno
mai durante il giorno
perché non vi sarà più notte;
non entrerà in essa nulla d'impuro,
né chi commette abominio o falsità,
ma solo quelli che sono scritti...

Sono praticamente uguali! Insomma, sembra che ci siano pezzi della Bibbia influenzati dalla poesia di Akhenaton (e magari, a cercare meglio, ce ne sono altri, oltre a quelli che ho trovato io...). Ma cosa c'entrano Nefertiti e il dio Aton con la Bibbia? Non chiederlo a me: non ci capisco niente. Domandalo alla vostra amica archeologa. Io so solo che, forse, adesso sapete come andava a finire la poesia di Akhenaton. Ora ho un sonno micidiale. Vado a nanna.

Ciao ciao,
Julie

Tutti gli occhi si voltarono verso Margot che invece teneva i suoi fissi sul foglio. Lo lesse e lo rilesse. – È incredibile – disse alla fine. – Il caro, vecchio Livingstone avrebbe fatto i salti di gioia. Bisognerebbe fare ancora delle verifiche prima di poter essere completamente sicuri, ma qui direi che abbiamo due testi, entrambi a proprio modo a carattere sacro, dei quali uno è in un certo senso ispirato all'altro.

– Un modo elegante per dire che uno è stato copiato? – bofonchiò Patrick.

– Se è solo questione di copiature, e fra tremila anni qualche archeologo ritrova l'archivio della nostra scuola e tira fuori i nostri compiti in classe, io e Patrick diventiamo un caso... – replicò Aziz.

– Non fare lo spiritoso. Le cose non stanno così – disse seria Margot.

– Ma scusa, – riprese Patrick – la scoperta di Julie vorrebbe allora dire che non è vero niente? Che l'Antico Testamento non è rivelato, che Dio non ha parlato, eccetera eccetera?

– Ma certo che non vuol dire questo! È vero che, da sempre, la gente che deve scrivere qualcosa copia. Copia da ciò che ha letto, copia da ciò che gli è stato raccontato, copia da ciò che si trova sottomano: nemmeno le invenzioni di un genio nascono dal nulla. Ma qui c'è un problema molto diverso. È del tutto plausibile che uomini dotati di particolare spirito profetico, nel passato, abbiano sentito di avere delle verità da comunicare agli altri uomini: abbiano avvertito dentro di sé la voce di Dio. Ma è altrettanto plausibile che, per raccontare queste verità, abbiano usato le forme e le parole che erano loro familiari e sembravano loro più adatte; che magari abbiano anche copiato, come dite voi, cioè si siano ispirati ad altri testi. È del tutto naturale, no?

– Sì, è naturale. Ma non bisogna trarre conclusioni sbagliate! Se no succede come quando mi hanno beccato mentre facevo una domanda a Patrick durante il compito di inglese: la professoressa Linverne ha concluso che io sono uno scansafatiche che copia tutte le volte che può. Da una misera frasetta si è stabilito che copiavo tutto e sempre. Non è che stiamo facendo la stessa cosa? L'Antico Testamento è fatto da migliaia di pagine: qui sono in ballo tre righe...

– Giusto. Non è per niente questione di copiature. La teoria del professor Livingstone, infatti, era molto più ampia e sosteneva che i rapporti tra Egitto e Palestina fossero più stretti di quel che si pensa e molto importanti anche nella storia della religione: è noto a tutti che anche il cristianesimo e l'Islam sono collegati ciascuno a modo proprio con la religione ebraica. E poi, la storia di Giuseppe la conoscete tutti, no? Per una serie di circostanze avventurose finisce in Egitto, alla corte del faraone, del quale diventa consigliere prediletto, e salva il regno da una terribile carestia proprio grazie alle sue doti profetiche. Poi Giuseppe genera dodici figli che daranno a loro volta origine alle dodici tribù di Israele: è difficile pensare che almeno un po' della cultura, del modo di pensare, delle tradizioni degli antichi egizi non sia finita dentro alla storia degli ebrei.

– È vero! – intervenne Ibrahim. – Anche la storia di Mosè fa pensare la stessa cosa...

– E infatti Mosè, il liberatore degli ebrei dalla schiavitù in Egitto, cresce in una famiglia egizia, allevato addirittura dalla figlia del faraone... – aggiunse Margot.

– E come lui molti altri avranno vissuto in famiglie miste: anche questo è naturale, l'amore va al di là delle differenze di origine e di cultura – commentò Patrick. – Come la mia mamma italiana che si è trovata un marito francese...

– O il mio papà marocchino che si è innamorato di una egiziana... – rilanciò Aziz.

– La storia dell'umanità è come un oceano infinito: vi confluiscono le acque di tutti i popoli. Potreste forse dire che tutta l'acqua di un mare viene da uno stesso posto? C'è l'acqua della pioggia, e chissà da dove arriva, e quella dei fiumi sotterranei, che non si sa da dove nascono e che percorso compiono, e quella dei piccoli affluenti dei grandi fiumi... insomma, la storia aiuta a sentirsi tutti fratelli, e vedete che i collegamenti sono tali e tanti che l'idea che le culture di due popoli possano essere in qualche modo collegate tra loro non è così strampalata...

– Ma allora è assurdo che il fatto di essere diversi spinga gli uomini a farsi del male gli uni con gli altri...

– Hai ragione, però i problemi cominciano quando non si accetta che qualcuno la pensi diversamente e si pretende di correggerlo, magari con la forza...

I tre ragazzini si scoprirono a guardarsi l'un l'altro. Attorno a quel tavolo c'erano un musulmano, un cattolico e quella strana via di mezzo tra religione islamica e modi di pensare occidentali che è Aziz. Eppure stavano benissimo insieme, si volevano bene, si divertivano un mucchio, comunicavano senza problemi. E soprattutto non era mai passato per la testa a nessuno di costringere gli altri a pensarla diversamente da come paresse e piacesse loro.

Era così semplice.

– E adesso cosa facciamo? –. Fu Patrick a rompere il silenzio.

– Voi ve ne tornate a casa e dimenticate tutta questa faccenda. Il gioco si sta facendo troppo pericoloso. Quanto a me, andrò a Tell el-Amarna. Devo per forza dare un'occhiata laggiù, anche se mi sembra assurdo che qualcosa di così visibile come una piramide possa essere sfuggita agli archeologi che ci sono già stati. Ho un piccolo camper: lo uso quando devo fare dei sopralluoghi sugli scavi. Mi consente di spostarmi comodamente e di essere autosufficiente per giorni. Oggi lo sistemerò, farò una bella scorta di viveri, acqua e benzina, e domattina presto mi metterò in strada. Nel pomeriggio, se tengo una buona andatura, potrei già essere a destinazione...

– Ma non puoi lasciarci fuori! Non arrivati a questo punto! – sbottarono Patrick e Ibrahim.

– Niente da fare, non mi convincerete.

Margot era stata categorica, ciò nonostante la discussione proseguiva. Aziz, stranamente, era rimasto in silenzio. Quando finalmente parlò, fu per dire: – Margot ha perfettamente ragione. Non capite che le saremmo d'impaccio? E poi gli zii non ci lascerebbero mai andare. Le saremo più utili restando qui, pronti ad avvertire la polizia non appena ce ne fosse bisogno... – e intanto tirava per la manica Patrick e spingeva Ibrahim verso la porta.

I due erano così stupiti del suo atteggiamento remissivo che quasi non opposero resistenza.

Ci volle poco tempo per i saluti. Margot scarabocchiò su un foglietto il numero del cellulare che teneva nel camper. Aziz le lasciò il numero di telefono di casa di Misha.

Dopo poco, i tre ragazzi si ritrovarono in strada.

– Ma Aziz! Non ti riconosco più! Com'è possibile che tu non voglia andare a Tell el-Amarna? Non possiamo lasciare Margot da sola! – gli urlò Patrick.

– E poi è un'avventura straordinaria! – rincarò Ibrahim.

– È un'opportunità irripetibile!

– È un'occasione unica!

– È...

La faccia seria di Aziz si aprì piano piano in una smorfia delle sue: – È il momento di inventarci la più grossa frottola della nostra vita...

6

L'apparizione di Aton

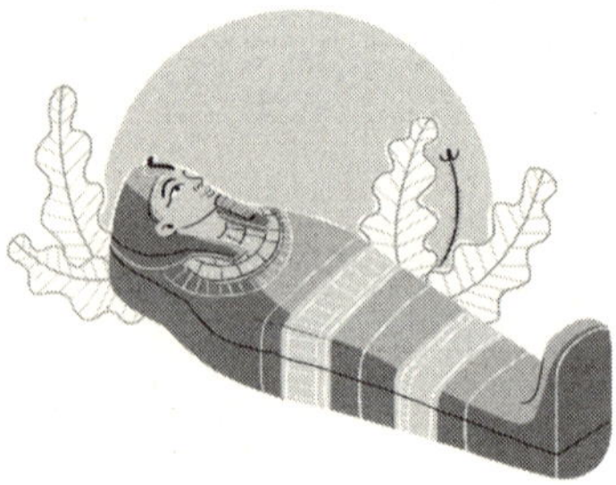

Quella mattina si alzarono che era ancora buio. Aziz non aveva chiuso occhio per l'emozione. Patrick, invece, avevano dovuto scuoterlo dieci minuti per tirarlo giù dal letto. Consumarono velocemente la colazione che si erano preparati la sera prima, ognuno prese il proprio zaino e uscirono nell'aria fresca della primissima alba.

– Io ancora non riesco a crederci che sia andato tutto così liscio – disse Patrick ad Aziz. – Se penso alla faccia tosta con cui hai raccontato a tua zia che la dottoressa Simenon, del museo del Cairo, organizzava un corso di tre giorni per avvicinare i ragazzi all'archeologia... direttamente sul sito di Tell el-Amarna! Fantastico!

– Se è per questo il falso modulo di richiesta di autorizzazione da parte della famiglia che tu hai stampato al computer è stato un vero tocco di classe...

– Ma come ti è venuto in mente di raccontare proprio che andavamo a Tell el-Amarna? Non doveva essere la più grossa frottola della nostra vita? – domandò Ibrahim.

– Se devo essere sincero, l'idea mi è venuta quando abbiamo scoperto che lo zio Misha era via per lavoro per qualche giorno: così non avrebbe potuto smentirci e diventava possibile raccontare più o meno la verità...

– Più o meno... – precisò ridendo Patrick.

– Be': abbiamo detto che andiamo a Tell el-Amarna, ed è vero. Stiamo via qualche giorno, e probabilmente andrà così. Visitiamo siti archeologici, e non c'è niente di più vero. Il modulo riporta persino un numero telefonico per eventuali chiamate d'emergenza, ed è quello del cellulare di Margot. E, appunto, saremo accompagnati dalla dottoressa Simenon: è forse falso?

– No, a parte il fatto che lei non lo sa...

– Un particolare trascurabile, direi... – concluse con un sorriso soddisfatto Aziz.

– Trascurabile soprattutto grazie all'aiuto della mia banda di amici del bazar – fece notare Ibrahim.

– Anzi, ecco là in fondo Nabuk e Cataf: hanno scoperto qual è il camper di Margot.

Nabuk salutò con il solito largo sorriso, solo un po' più assonnato; Cataf fece loro segno di seguirli con un cenno ingrugnito del capo. Arrivarono rapidamente davanti a un camper bianco, pieno di adesivi provenienti da posti diversi: doveva averne fatta, di strada.

– Come facciamo a entrare? – chiese Patrick.

Cataf si mise ad armeggiare intorno alla portiera della macchina. – Un ragazzo egiziano, – spiegò Ibrahm – quando cresce per la strade del mercato, impara certe... certe... certe *abilità*, diciamo così. In questo caso tornano utili.

Cataf, infatti, senza rumore e senza sforzo, aveva aperto il camper. Nabuk, con un sorrisino beato come se il suo amico avesse fatto la cosa più semplice del mondo, indicò di entrare.

Aziz era già saltato dentro. Bisognava affrettarsi, perché Margot sarebbe sicuramente arrivata di lì a poco. Ibrahim, il più piccolo, si infilò nell'armadio, tra i vestiti di Margot. I nascondigli per Patrick e Aziz furono trovati dentro le due panche ai lati del tavolo: servivano per sedersi, ovviamente, ma siccome in un camper tutto lo spazio è prezioso erano fatte come dei cassoni, in modo che ci si poteva stivare un bel po' di materiale.

Nabuk e Cataf ebbero appena il tempo di risistemare tutto che dal fondo della via spuntò la capigliatura nera dell'archeologa.

Lei aprì la portiera, buttò sul sedile di fianco la borsa con le ultime cose che aveva messo insieme (il resto del carico era ormai completo dalla sera prima) e infilò la chiave nel cruscotto.

Il camper era stretto tra due auto e faceva fatica a uscire. Per fortuna un ragazzino le indicò più volte la distanza che aveva a disposizione per far manovra. Alla fine il camper sgusciò in strada e partì. A Margot restò impressa l'immagine del ragazzino, riflessa nello specchietto retrovisore, che la salutava con un movimento molle della mano e un largo sorriso ebete.

«Strana gente, gli egiziani» le venne da pensare. «Più hanno il sorriso tonto, più te la stanno facendo alle spalle.»

Nabuk restò lì a far "ciao-ciao" con la manina. Finché il camper scomparve alla sua vista.

La scoperta - se così possiamo chiamarla - avvenne piuttosto tardi. Margot aveva tenuto il piede ben pigiato sull'acceleratore e quasi non aveva fatto soste. Soddisfatta del bel tratto di strada percorso, all'ora di pranzo decise di fermarsi a mangiare un boccone. Accostò a una stazione di servizio. Poco più che due baracche e una pompa di benzina: in pieno Egitto non esistono autogrill come quelli che ci sono sulle nostre autostrade. Margot fece il pieno, poi entrò nel camper. Aprì il piccolo frigorifero, pregustando come prima cosa una bibita fresca. Fu allora che sentì il rumore, arrivato da qualche parte lì dentro: una specie di squittio.

– Topi?! – disse parlando da sola. – Non avrò già i topi in casa? Sono appena partita! – e si diede a frugare intorno, aprendo cassetti e sportelli.

– Ma dove avranno fatto la tana questa volt...?

Dall'interno dell'armadio spuntò il facciotto di Ibrahim.

– Etcì!

– Salute, accidenti! Ma tu cosa ci fai qui?! Un po' grosso, come topo...

– Io.. be'... ecco...

Ibrahim non dovette inventarsi una spiegazione, perché Margot ebbe subito un'intuizione.

– Non mi dire! Non mi dire! Se ci sei tu, mi sa tanto che... che... – e ricominciò a rovistare, finché arrivò alle cassapanche – ...mi sa tanto che ci sono anche gli altri: eccoli qui! Uno... e un altro fanno due – esclamò sollevando i coperchi.

Patrick e Aziz videro Margot che li guardava dall'alto, inviperita.

– Voglio una spiegazione! – disse solo, decisa.

Aziz si rialzò a fatica, indolenzito com'era, e cominciò a raccontare.

Lo sguardo di Margot, però, non accennava ad addolcirsi. – Io vi rispedisco subito al Cairo! Sapete cosa faccio? Telefono immediatamente a casa vostra e, non m'importa in che modo, vi faccio venire a prendere… cos'è quella faccia? Non ci credete? Vi faccio vedere io!

Bip, bip, bip, bip… tuuu… tuuu… tuuu…

– Pronto, signora Aghagh? Buongiorno, sono Margot Simenon. La chiamo per dirle…

– È successo qualcosa ai ragazzi?

– No, no, signora: tutto in ordine, i ragazzi stanno benissimo…

– Oh, signorina Simenon! Non sa quanto mi fa piacere parlarle. Io volevo tanto ringraziarla per quello che sta facendo. I ragazzi mi hanno detto di questa sua idea del corso di archeologia ed erano così entusiasti!

– Be', vede… in realtà…

– No, no, mi creda! È proprio così. E devo dire che non ho esitato un solo istante a dare l'autorizzazione. Era un'occasione eccezionale! E poi, avrebbe dovuto vederli: mi hanno promesso in tutti i modi di essere prudenti e di fare solo quello che lei avrebbe detto.

– ...in effetti...

– Guardi, me lo lasci dire: se tutti facessero quello che fa lei, i nostri figli crescerebbero meglio. Io non so come ringraziarla.

– Ma si figuri...

– Però, mi scusi: mi aveva chiamato per dirmi qualcosa...

– Ecco, sì... allora... niente, volevo solo tranquillizzarla, confermandole che va tutto bene...

– Molto gentile, da parte sua.

– Dovere.

– Se avesse bisogno di qualcosa, non esiti a chiamarmi, signorina Simenon.

– Lo farò.

– Grazie ancora, e buon divertimento!

– Grazie, e arrivederci...

Clic. Fine della comunicazione.

– Oh, santi numi! – sibilò Margot, buttando il telefonino in borsa.

Mezz'ora dopo erano di nuovo per strada, bevendo aranciata ghiacciata e cantando tutti insieme a squarciagola. Aziz, Patrick e Ibrahim erano ufficialmente stati ammessi nell'équipe di ricerca della tomba di Nefertiti!

Arrivarono presto a destinazione. Potevano ancora sperare in un paio d'ore buone di luce e Margot non volle fermarsi nel punto dove un tempo sorgeva la capitale di Akhenaton.

– Non è rimasto quasi nulla: poco più delle fondamenta dei muri perimetrali delle case. Non è questo che ci interessa. Voglio dare subito un'occhiata verso est, per capire se c'è qualcosa che possa nascondere una piramide.

Il camper imboccò la pista che abbandonava il Nilo e s'inoltrava, verso oriente, dove, in lontananza, si distingueva appena la linea di una catena di montagne. Procedevano piano, sollevando una gran polvere alle loro spalle. Quattro paia di occhi scrutavano senza sosta i dintorni, alla ricerca di un qualunque indizio. Il paesaggio, piatto e asciutto, permetteva di distinguere ogni minimo rilievo e avvallamento nel raggio di chilometri. Ma non c'era molto da notare. Ciò nonostante, deviarono diverse volte per fare sopralluoghi su qualche area sospetta. Ma l'occhio esperto di Margot, di solito, non aveva neppure bisogno di arrivarci per concludere che non c'era niente di interessante da vedere. Piccole dune, giochi d'ombra e luce, qualche catapecchia di lamiera...

Poco più di due ore dopo si ritrovarono ai piedi delle prime basse montagne desertiche dietro alle quali si alzavano alti picchi. La pista finiva lì. E con la pista le loro speranze di trovare la piramide. L'avevano vista avvicinarsi pian piano, la catena montuosa, resa indefinita nei contorni e quasi irreale prima dal bagliore accecante del sole («una specie di miraggio» aveva commentato Ibrahim) poi dalla luce grigio-azzurra del crepuscolo: e sapevano che, più si avvicinavano, più si riducevano le loro probabilità di essere sulla strada giusta. Ora le montagne erano ormai lì davanti a loro, e si facevano scure insieme all'aria e al cielo. Montagne di roccia davanti agli occhi e montagne di delusione nel cuore.

– Mi spiace, ragazzi: ma in fondo, io lo sapevo che non era possibile...

Erano seduti tutti e quattro intorno a un piccolo falò: cominciava a fare freddo, però faceva piacere starsene lì a guardare le fiamme, ascoltando gli strani rumori che ogni tanto rompevano il silenzio del buio deserto egiziano. Non faceva piacere, invece, ascoltare le parole di Margot.

– ...in fondo, io sapevo che non era possibile... non poteva esserci una piramide, qui. Abbiamo sbagliato tutto.

– Ma Margot... la mappa dice...

– La mappa dice cose che possono avere tanti significati. Intanto potrebbe non essere una mappa, ma una semplice decorazione. O potrebbe raffigurare effettivamente la sepoltura di Nefertiti, ma non come davvero avvenne poi: certe opere vengono fatte utilizzando dei modelli precostituiti, delle specie di codici prestabiliti. Per indicare che sta raffigurando una sepoltura, l'artista dipinge il simbolo della tomba, che per gli antichi egizi è ovviamente una piramide. Ma questo non vuol dire che la piramide sia esistita realmente. O ancora, chi lo sa, la piramide potrebbe essere stata costruita e usata, ma poi smontata per riutilizzarne i pezzi, o semplicemente distrutta dai successori di Akhenaton che lo rinnegarono.

– Vuoi dire che siamo venuti fin qui per niente?

Margot avrebbe voluto consolare i ragazzi, ma non sapeva come: – Magari ho sbagliato qualcosa nell'interpretazione della mappa... anche se non saprei proprio dove... comunque, domani rifaremo la strada all'indietro, e con maggior attenzione: magari ci è sfuggito qualcosa. E a scanso di equivoci passeremo anche da Tell el-Amarna: può darsi che ci possa essere utile e, quantomeno, vedrete i resti della vecchia capitale. Che ne dite?

E cosa potevano mai dire? Se ne stavano tutti e tre con la testa tra le mani a fissare il fuoco che ormai andava spegnendosi, insieme alle loro ambiziose speranze.

– Ragazzi... mettiamola così: in fondo siete venuti qui a fare un corso accelerato di archeologia.

Bene, essere archeologi non significa solo fare sensazionali scoperte: anzi, questo non succede quasi mai. Significa tener duro magari per anni, lavorando intorno a un'intuizione per dimostrare che è giusta. E in questo bisogna fare i conti con un passato lontanissimo, da ricostruire sulla base di semplici indizi: è un po' come risolvere un giallo, come essere degli investigatori invischiati in un mistero da risolvere. E per essere buoni investigatori occorre avere una gran pazienza e saper accettare le delusioni...

«Belle parole» pensava Patrick: ma, intanto, che tristezza dover lasciar perdere tutto quanto! Il cielo doveva essersi rannuvolato, perché non si vedeva la luna e non c'era neanche una stella. Guardandosi attorno si arrivava a pochi metri dagli ultimi bagliori del falò. E Patrick si sentiva proprio come se, dentro al buio più assoluto, ci fossero finite anche le loro ricerche, le loro aspirazioni di grandi scoperte, la loro allegria per quella eccitante gita. Ci sarebbe voluto almeno un raggio di luce. Ma quel raggio di luce non arrivava.

Quella notte, a differenza del solito, Patrick non riuscì per un bel po' di tempo a prender sonno. E, quando ci riuscì, dormì a tratti, inquieto, svegliandosi ripetutamente, di colpo, per poi riappisolarsi in un dormiveglia continuo. Finì che, a un certo punto, esasperato, si alzò. Non aveva idea di che ore potessero essere ma, quando uscì dal camper, la notte era ancora lì, a un passo dall'alba.

Si mosse in perfetto silenzio, come sapeva fare, per non svegliare gli altri. Prese a passeggiare nei dintorni del camper: l'aria era ferma e c'era una calma irreale, come forse succede solo nel deserto prima dello spuntar del sole.

«Chissà quante volte» si scoprì a pensare «Akhenaton ha assistito in questo stesso modo allo spettacolo della ricomparsa di Aton: quest'aria immobile, questa piana sabbiosa che spunta progressivamente dalle tenebre notturne, il cielo che si colora, il giorno che ricomincia, l'angoscia della notte che ti abbandona. Chissà se anche lui si alzava piano, per non disturbare Nefertiti, e se ne usciva tutto solo, per aspettare il primo raggio di sole. Come diceva la poesia scritta sul papiro? Ah sì, ecco: *Il Sole esce come sposo dalla stanza nuziale...*». Se lo immaginava bene, Akhenaton: seduto in qualche angolo appartato del palazzo reale, coi gomiti sulle ginocchia, mentre guardava in lontananza, aspettando che sorgesse il suo Dio.

E ora, tremilacinquecento anni dopo, Patrick stava facendo la stessa cosa. Probabilmente il paesaggio non era cambiato molto; e le montagne ancora meno. E, probabilmente, Akhenaton e Nefertiti le vedevano un tempo come le stava vedendo adesso lui. Anzi, man mano che il chiarore aumentava, le percepiva sempre meglio: era come se si stagliassero con precisione, distinta l'una dall'altra, mentre il giorno prima la luce disorientante del sole pieno le schiacciava in un'unica figura confusa, senza profondità e priva di particolari. Ora, invece, i riverberi freddi dell'alba disegnavano nettamente i contorni.

Il cielo prese a colorarsi e divenne sempre più luminoso. Patrick pattugliava con gli occhi l'orizzonte. «Dev'essere una cosa sconvolgente» stava pensando «l'idea che Dio ti appaia davanti...». Leggermente alla sua destra intuì un bagliore. Vide così il primo raggio di sole passare al di qua delle montagne... ma vide anche qualcosa d'altro...

Il cuore gli arrivò in gola e un'idea gli arrivò in testa...

Un secondo dopo era in piedi che correva verso il camper, gridando per svegliare tutti gli altri.

PARTE TERZA

Dove niente è ciò che sembra,
un assassino si palesa
e Aziz incontra Nefertiti

La piana di Tell el-Amarna, vista dall'alto, è un'immensa distesa di nulla. A ovest corre il Nilo. A est corre la catena di montagne. Immaginatevi la scena come se fosse girata in un film.

La grande piana desertica. Un puntino bianco: è un camper. Ci avviciniamo velocemente, con lo zoom di una macchina da presa. Un centinaio di metri oltre il camper stanno quattro figure in piedi, di spalle. Una più alta, tre più basse. Hanno le braccia distese lungo i fianchi e gli occhi fissi su un punto lontano, come qualcuno che si trovi di fronte uno spettacolo stupefacente. Se seguiamo il loro sguardo e dirigiamo la cinepresa verso l'orizzonte, inquadriamo il primissimo sole che sta facendo capolino da dietro la catena di montagne e - proprio là dove sta spuntando - una vetta ne ostacola la visione, così che i raggi ne delineano chiaramente la sagoma: un triangolo perfetto.

– Sembra proprio il disegno della tomba... – mormora Aziz.

– Allora... non era una piramide... – aggiunge Margot.

– Era una montagna... – fa eco Patrick.

– Una montagna fatta come una piramide... – conclude Ibrahim.

Il tutto dura pochissimo. Neppure un minuto dopo, il sole è già salito e picchia negli occhi degli osservatori. Le montagne vanno ridiventando un'anonima linea ondulata, scura e indecifrabile, che delimita l'orizzonte.

Aton ha parlato. Ha mostrato ciò che doveva. Ora ha altro da fare: deve correre per il cielo e portare calore a tutte le creature dell'universo.

1

L'esplorazione

Sotto i caldi raggi di Aton il camper risaliva, un po' a fatica ma con regolarità, la valle. Ma la montagna a forma di piramide si era subito mimetizzata tra le altre man mano che il sole si era fatto più alto, e anche adesso il gioco della disposizione delle colline la nascondeva, così che più di una volta ebbero il dubbio di aver preso la strada sbagliata.

Dovettero procedere per quasi tre ore prima che la valle piegasse a settentrione, aggirando una pendice rocciosa. Fu solo a quel punto che il triangolo riapparve, ma anche allora dovettero arrivargli a ridosso - e questa volta non fu agevole, perché la salita si faceva più ripida e accidentata - per distinguerne con precisione i contorni e i particolari. Un po' come quando trovi un fungo nascosto nel sottobosco o intuisci da un piccolo movimento che c'è una lucertola immobile su un muro: si uniformano così bene con l'ambiente che li circonda che, anche dopo che li hai visti la prima volta, devi avvicinarti senza distogliere lo sguardo un solo momento per continuare a distinguerli nitidamente. Era proprio come se la montagna a forma di piramide si mostrasse chiaramente solo in un preciso momento, all'alba, e poi si mimetizzasse tra le altre.

Ora l'avevano trovata e ce l'avevano davanti! Un picco, neppure troppo alto e di dimensioni minori rispetto a quanto era sembrato guardandolo il mattino, in lontananza. Ciò nonostante, era di una mole tale che esplorarlo tutto sarebbe stato lungo e difficile. La cosa che li colpì maggiormente fu l'aspetto assolutamente naturale della montagna: si sarebbe potuto scommettere che aveva quella forma per un curioso combinarsi di erosioni - il vento, la pioggia, i cedimenti naturali - e non perché l'opera dell'uomo fosse intervenuta in qualche maniera a modellarla.

– Non deve essere sembrato vero, a un faraone, di trovarsi una piramide così, preconfezionata... – fece notare Aziz, mentre la osservavano dal basso.

– Sì, però avrei preferito scoprire tracce di intervento umano, – ribatté Patrick – così avremmo avuto la conferma che c'è sotto qualcosa. Invece è tutto talmente... talmente naturale che...

– Che viene il dubbio di aver preso una grossa cantonata nel pensare che questa non sia una semplicissima montagna e nasconda invece una tomba reale... – concluse Margot.

Rimasero lì un po', perplessi, a scrutare la piramide di roccia.

Fu Ibrahim, che non si faceva mai tante domande, a riscuoterli: – Allora, vogliamo andare in esplorazione?!

Effettivamente, arrivati a quel punto, era la cosa più sensata da fare: camper parcheggiato all'ombra di una roccia, zaini in spalla, cappelli calcati in testa, appuntamenti per incontri regolari e ben precisi in caso non si ritrovassero.

– Di qui io e Ibrahim; di là voi due – decise Margot. – Facciamo il giro da due lati diversi e ci vediamo dall'altra parte; cerchiamo qualunque irregolarità, qualunque segno strano, qualunque cosa possa segnalare un ingresso ma, mi raccomando, niente imprudenze. Ok? Andiamo.

Così cominciò la prima spedizione archeologica di Patrick e Aziz.

Ci volle un bel po' per arrivare dall'altra parte della piramide. Tra sassi, sabbia e rocce, camminare non era per niente agevole; per di più, ormai, il sole scottava. Le pareti esplorate da Aziz e Patrick, poi, non rivelarono nessun segreto: erano abbastanza ripide da rendere poco invitante l'idea di scalarle e, nell'insieme, sembravano compatte e omogenee per individuarvi un qualunque genere di ingresso.

Alla fine i due ragazzi intravidero da lontano Margot e Ibrahim che venivano loro lentamente incontro. Si capì subito com'era andata: nessun risultato.

– Temo che... *gluglu*... ci vorrebbero giorni... *gluglu*... per esplorare minuziosamente la zona... *gluglu*... – disse Margot, assetata, attaccandosi alla borraccia.

– In effetti, un eventuale passaggio potrebbe trovarsi sulla montagna, ma anche ai suoi piedi, o nei dintorni... potrebbe esserci un cunicolo, o qualcosa del genere...

– Non possiamo pensare di salire a controllare le pareti, da soli e in poco tempo: mi sembrerebbe anche piuttosto pericoloso. L'unica cosa da fare, forse, è battere l'area qua in basso: siamo in piano e ci muoveremo più velocemente. Ma a mezzogiorno si fa una lunga pausa: non è il caso di rischiare un'insolazione. A metà pomeriggio riprenderemo la perlustrazione dall'altra parte. D'accordo? – domandò Margot.

A nessuno venne un'idea migliore.

– E attenzione a dove mettete le mani. Potreste non riuscire simpatici a serpenti e scorpioni... – gridò Margot come ultimo avvertimento.

Aziz si incamminò, ma prima diede ancora un'occhiata verso l'alto: chissà se la montagna lo stava guardando con simpatia o con avversione. Non avrebbe saputo dire. Proprio come la statua di Akhenaton al museo.

La sera, davanti al fuoco acceso, erano stanchi morti. Avevano camminato, camminato, e camminato. E avevano cercato, frugato, curiosato, indagato.

Risultato: zero.

– Ci vorrebbero settimane intere... – osservò sconsolato Patrick che - non avendo praticamente dormito la notte prima - era il più stanco di tutti. Gli si chiudevano gli occhi dal sonno.

– Ve l'avevo detto, ragazzi. L'archeologia è una faccenda per gente paziente. E caparbia. E, ancor più, organizzata. In queste situazioni succede di lavorare per anni con équipe di esperti, gruppi di operai e attrezzature sofisticate. Non è per nulla semplice.

– Ma se qui c'è la tomba di Nefertiti, da qualche parte dovrà pur esserci una via di accesso... – insistettero Ibrahim e Aziz.

– Dovrebbe… ma non è detto. Sono passati più di tremila anni, da quando è morta Nefertiti. Il paesaggio potrebbe essere cambiato enormemente e con questo aver reso introvabile un eventuale ingresso: basta un crollo, o uno smottamento…

– Io però non credo che il paesaggio si sia trasformato granché – la interruppe Patrick. – Secondo me, Akhenaton ha assistito a un'alba come quella di oggi e dev'essergli sembrato che il suo dio Aton gli mostrasse la montagna-piramide. Il momento in cui il sole sorge e consente di vedere la forma triangolare è l'indizio fondamentale per decifrare la mappa che aveva trovato Livingstone.

– Piano! Piano! Ma quanto corri, Patrick! Stiamo facendo solo delle supposizioni. Finché non ci sono anche delle prove, ci sono solo fantasia, immaginazione, congetture. E noi dobbiamo ragionare senza dare eccessivo spazio alla fantasia se vogliamo arrivare a qualche risultato…

– Ma io questa mattina sentivo proprio che Akhenaton e Nefertiti avevano visto quel che vedevo io…

– E questo è molto bello. Ma non è una prova. Che Akhenaton, o Nefertiti, abbia avuto l'idea di fare una tomba in questo posto perché glielo aveva suggerito Aton è un'ipotesi affascinante.

Ma Akhenaton è morto da trentasei secoli e non ci può parlare per confermarcelo.

Patrick aveva troppo sonno per ribattere.

– E a proposito, – continuò Margot – qui si è fatto tardi. Se domattina vogliamo essere in forze conviene che andiamo tutti a riposare. Visto il caldo che fa, bisognerà alzarsi presto. Desidero comunque che vediate Tell el-Amarna, ma voglio anche che domani sera siate tutti a casa. Il gioco è bello quando dura poco: e la bugia del corso di archeologia non vorrei durasse troppo.

Si alzarono per raggiungere ciascuno la propria cuccetta. L'ultimo a rientrare fu Aziz. Era stanco, sì. Ma non aveva per niente sonno. Un mucchio di idee diverse gli giravano per la testa. Poteva essere un caso quell'effetto di luce cui avevano assistito all'alba? Poteva darsi che la mappa non fosse in realtà una mappa? Bisognava ragionare solo con il cervello e con i dati concreti, come sosteneva Margot? O si poteva usare il cuore, e la fantasia, come faceva Patrick?

2

Il faraone parla

Fu Aziz, quella notte, a faticare ad abbandonarsi al sonno. Non riusciva a capacitarsi di doversene tornare a casa così, senza aver trovato nulla. Il pensiero che magari, proprio lì vicino, da qualche parte, ci fosse un'antica tomba egizia, ricca quanto quella di Tutankhamon, se non di più, lo riempiva di un'agitazione che la stanchezza non riusciva a sopraffare. Ripercorreva l'accavallarsi delle avventure vissute negli ultimi giorni. Rivedeva l'ostrakon, ridisegnava la mappa, ripeteva la poesia di Akhenaton... doveva esserci un significato... doveva esserci un significato... doveva... esserci... un...

Sfinito, si addormentò.

Sognò di volare sul deserto e di vedere una grande città dall'alto. Ma non c'erano grattacieli, strade asfaltate, automobili; c'erano invece casupole di legno e campi coltivati vicino a un fiume, e poi un palazzo bellissimo, di pietra bianca, sormontato da un enorme disco dorato, e un tempio, a cielo aperto, tutto fatto di colonne e porticati colorati, decorati con disegni bellissimi. Da uno dei colonnati uscirono due figure, un uomo e una donna che si tenevano per mano. La donna indossava una tunica candida e aveva capelli neri, foltissimi. Il volto era perfetto e somigliava al tempo stesso a Margot e alla statua di Nefertiti esposta al museo. L'uomo portava un pettorale colorato e un alto copricapo, ma Aziz non poté distinguerne i tratti del viso perché l'uomo era chino in un tenero abbraccio che lo nascondeva allo sguardo di Aziz. Come spesso nei sogni, accadde una cosa assurda: i due salirono verso l'alto, nel cielo, e si allontanarono tra di loro, uno divenne il sole e l'altra la luna. Il sole andò da una parte e la luna dall'altra. Aziz vide allora due processioni di schiavi che portavano sulle spalle un ricchissimo corredo funebre, come quello di Tutankhamon: un corteo seguiva il sole, l'altro la luna. E nell'aria riecheggiavano continuamente, chissà come, le parole scritte da Akhenaton:

«Notte e giorno additano ugualmente la strada a chi la cerca...».

Si svegliò con quella sensazione di quando il sogno è così bello che vorresti restarci dentro. Il cuore gli batteva forte. Era assurdo - lo sapeva - ma gli pareva proprio di aver capito qualcosa che prima non gli era chiaro. Il suo cuore batteva forte e gli diceva di uscire all'aperto.

Si alzò e afferrò a tentoni qualcosa da mettersi addosso.

– Aziz... dove vai? –. La voce assonnata di Ibrahim era poco più di un bisbiglio.

– Sssh! Zitto! Faccio solo due passi. Non ho sonno. Tu continua a dormire.

Si richiuse la porta alle spalle, avvertendo con piacere sulla pelle l'aria fresca della notte: «Per forza gli egizi pensavano al sole come a un dio» rimuginò Aziz. «Doveva sembrare che avesse un potere immenso: basta che compaia nel cielo e cambia completamente le condizioni di vita...»

Si trovò a ripetere tra sé e sé le parole di Akhenaton: – *Il Sole i cui raggi nutrono ogni campo, riscaldano le creature, creano le stagioni*... non è vero che Akhenaton non ci può più parlare; con quella poesia ci lascia detto quel che pensava del sole. E, grazie a Nefertiti, ci racconta che è importante anche la luna...

In quel momento gli fu chiaro quel che aveva sognato. Era ovvio: aveva sognato Tell el-Amarna e il senso della poesia di Akhenaton. L'uomo e la donna erano il faraone e la sua sposa: lui corrispondeva al sole e lei alla luna. Ed entrambi gli astri indicavano la strada a un corteo funebre…

«A proposito di luna…» sollevò lo sguardo: sopra la sua testa il disco della luna piena si stagliava nitidissimo. Una luce bianca e fredda permetteva di vedere ogni minimo particolare del paesaggio attorno. «Ma perché, nel mio sogno, sole e luna indicavano la strada al corteo funebre?»

Se ne stava lì, in piedi, con il naso all'insù. Aveva la sensazione che gli girasse la testa con tutte le idee dentro, che si mischiavano a gran velocità.

«Akhenaton parla… il sole indica la strada… e stamattina, in effetti, ce l'ha indicata… ci ha mostrato la montagna-piramide, ha indicato la strada per la tomba… ma il sole vale quanto la luna… entrambi indicano la strada a chi la cerca… entrambi?!»

Si voltò a guardare la montagna. Era sorprendente come quel posto cambiasse aspetto al mutare della luce. Le pareti rocciose, che in pieno sole mostravano mille irregolarità, apparivano ora una nera superficie uniforme contro il cielo stellato. Però a guardare meglio, man mano che l'occhio si abituava, al centro della piramide che Aziz stava osservando, più o meno a metà, i raggi della luna illuminavano qualcosa come uno sbalzo, una specie di fessura. Nella parete che di giorno appariva come una superficie continua ora si rivelava un passaggio... un passaggio!

«La luna indica la strada! Akhenaton parla ancora! Vale la pena di provarci» pensò Aziz.

Era una teoria un po' assurda, la sua: tutta di fantasia. Margot l'avrebbe sicuramente preso in giro... be', sarebbe andato a controllare da solo. Anche se... gli vennero in mente le storie intorno alle Maledizioni dei Faraoni e alle trappole mortali che poteva nascondere una tomba egizia; e queste preoccupazioni gli fecero ricordare che c'era anche in giro un assassino pronto a uccidere per impadronirsi del segreto di quella tomba. Fece appena in tempo a notare lo strano, assoluto silenzio in cui si trovava immerso, come se le piccole voci notturne del deserto avessero un motivo per tacere tutte insieme, quando un sibilo alle sue spalle lo fece sussultare...

– Ibrahim! Mi hai fatto venire un colpo!

– Scusa, Aziz. Non mi hai sentito uscire?

– Certo che non ti ho sentito! Se no, non mi sarei spavent... insomma... stavo pensando ad altro... guarda la montagna: vedi anche tu quello che vedo io?

Ibrahim lo vedeva: eccome. Non ci fu bisogno di molte parole. In silenzio, presero ciascuno il proprio zaino, e senza incertezze si avviarono. Non conveniva perdere tempo: chissà se quel gioco di luce che indicava il passaggio era solo momentaneo o sarebbe durato a lungo... marciavano di buona lena, aiutandosi con la luce delle torce elettriche. Aziz era contento di avere compagnia; Ibrahim era elettrizzato da quell'inaspettata avventura.

La salita non era per nulla agevole. Se non avessero saputo che lassù, a metà della parete, in quella zona che avevano ben memorizzato nella loro testa, c'era il passaggio, non se ne sarebbero mai resi conto mentre salivano.

Anche per questo arrivarono a destinazione quasi senza accorgersene: d'un tratto videro che il terreno, fin lì scosceso, si apriva in un piccolo spazio piano che non si riusciva a percepire se non da vicino: una sorta di pianerottolo, per intenderci. Arrancando, Aziz e Ibrahim lo raggiunsero. Stanchi e ansimanti, buttarono gli zaini a terra e ripresero fiato.

A un estremo il pianerottolo si assottigliava sempre più, fino a scomparire. All'altro proseguiva in una specie di corto corridoio senza soffitto, formato dalla pendice della monagna e da un muro di roccia. Non c'era da stupirsi che, dal camper, in basso, non si notasse nulla di particolare. Guardandola, Aziz non riusciva a capire se quella spaccatura fosse il risultato del lavoro dell'uomo o della stravaganza della natura.

In ogni caso, non rimasero lì a lungo a riflettere. Era troppa la curiosità. Aziz puntò la torcia, fece cenno a Ibrahim di seguirlo e s'infilò nel passaggio segreto.

Avanzavano piano, sentendo la sabbia e i sassi scricchiolare sotto i loro piedi. Aziz muoveva lentamente il raggio di luce dall'alto verso il basso e da un lato all'altro. Si aspettava a ogni momento di intuire la forma di una statua o di cogliere sulle pareti le tracce di un dipinto o di un bassorilievo, ma la torcia gli rimandava solo il freddo grigiore della roccia. Si aspettava anche di dover proseguire a lungo: invece, dopo pochi metri, scoprì che il corridoio si allargava leggermente - non più di qualche metro quadrato - e terminava. Terminava senza nulla di particolare, non una porta, un buco, una fenditura, uno spiraglio che conducesse altrove. Che delusione!

– E adesso? – domandò Ibrahim piano, come se alzare il volume della voce potesse rompere del tutto l'incantesimo.

– E adesso... che ne so? – mormorò innervosito Aziz mentre girava il fascio di luce della torcia dappertutto. Dopo un po' dovettero ammettere che non c'era via d'uscita.

– Non ha senso! – borbottò Aziz sedendosi sconfortato per terra.

– Non si può andare avanti... – gli fece eco Ibrahim – non si può andare né a destra né a sinistra. Né in su né in... –. La frase restò in sospeso. Aziz vide con stupore Ibrahim buttarsi in ginocchio tastando il terreno, smuovendo la terra con larghi gesti delle braccia.

Se si può urlare sottovoce, questo è quello che fece di lì a poco Ibrahim: – Wow!

Aziz diresse la sua torcia verso il cugino. I due si guardarono con una gioiosa espressione di vittoria: sul terreno s'intravedeva una sagoma quadrata. Non poteva essere opera della natura... era una botola!

Dovettero metterci tutte le loro forze, per aprirla. Ma, quando ci riuscirono, ebbero la prova che era valsa la pena di arrivare fin lì: una scala di pietra scendeva verso il basso. Aziz, però, fu deluso. Non c'era nessuna di quelle cose che era abituato a vedere nei film: niente marchingegni di difesa, o voci ultraterrene che minacciassero i profanatori...

davanti a lui, invece, solo un cunicolo nero, che si inoltrava nel ventre della montagna e lo invitava irresistibilmente a entrare.

Così, nel silenzio di quella incredibile notte, Aziz si fece coraggio.

Poi illuminò i primi gradini e cominciò a scendere.

Dopo qualche metro, sentì la voce del cuginetto alle sue spalle: – Ma sarà davvero una tomba egizia? Io mi sarei aspettato di trovare dei dipinti, delle iscrizioni, insomma qualcosa: qui invece...

Lì, invece, le pareti erano assolutamente grezze: neppure un segno che consentisse di capire dove si erano infilati. Aziz si strinse nelle spalle, senza voltarsi. Notava solo un odore di chiuso che gli ricordava quello delle tombe nella Valle dei Re e che si faceva sempre più deciso.

Poi, finalmente, il fascio di luce che penetrava l'oscurità gli rimandò dei frammenti di colori; Aziz si rese conto che la discesa stava per terminare e fece gli ultimi scalini trattenendo il fiato.

L'emozione gli serrò la gola. L'ampio cunicolo proseguiva orizzontalmente e i muri erano completamente coperti di affreschi. Aziz era fermo ai piedi della scala e non si decideva ad avanzare. Guardò i primi dipinti: tanto alla sua destra quanto alla sua sinistra era raffigurato un bambino che teneva nelle braccia tese il disco di Aton.

Ad Aziz venne da sorridere, perché il ragazzino, come si usava, aveva la testa rasata e un lungo codino che gli scendeva sulla spalla. Si ricordò le battute di Margot sulla sua acconciatura. Da dietro venne una spinta ansiosa di Ibrahim.

– Allora, ti muovi?

Le pareti proseguivano variopinte: figure, lunghe file di geroglifici, rappresentazioni della vita ai tempi dell'Antico Egitto, dei e dee. Tutto era in condizioni perfette, i colori erano smaglianti, l'intonaco liscio e senza crepe, il soffitto - tinto con sfumature tra l'azzurro e il turchese - sembrava un cielo sereno che si potesse toccare allungando la mano: tutto come se quella tomba fosse stata chiusa solo l'altro ieri. E invece... quanti secoli erano trascorsi da quando il corteo funebre aveva calpestato quello stesso pavimento!

Poco più avanti, su entrambi i lati del corridoio, c'erano due aperture. Aziz si accostò, titubante. La luce illuminò due stanze piene di vasi, anfore, sacchi di tela ancora chiusi: a terra, alcuni piatti e vassoi mostravano al loro interno manciate di semi anneriti dal tempo.

«Delle offerte rituali?» pensò Aziz. «O il cibo per il viaggio del defunto nell'aldilà?»

Avrebbe voluto esplorare meglio le stanze, ma la curiosità di andare oltre era invincibile.

Fecero solo pochi passi, però, perché in fondo, là dove la torcia arrivava a malapena a rischiarare, dall'ombra emersero due figure. Ferme a destra e a sinistra del corridoio.

– Sono... statue... vero? – balbettò Ibrahim.

– Spe... spe... speriamo...

Quando i due ragazzi ebbero finalmente il coraggio di avanzare, tirarono un sospiro di sollievo. Si trattava di statue, in effetti, ed erano molte più di due. A costeggiare il passaggio, erano infatti disposti tutti gli dei egizi, scolpiti nel legno e dipinti nei colori più realistici. Aziz e Ibrahim camminavano piano sentendosi addosso gli occhi ora di Iside, ora di Osiride, ora di Thot o di Apis. E Aziz faceva andare lo sguardo ora di qua ora di là, incrociando le nere pupille dilatate delle sculture, che parevano seguirlo in ogni movimento. Neppure si accorse che il corridoio svoltava deciso a destra. Girato l'angolo non gridò, ma pensò che avrebbe voluto farlo perché, quando i suoi occhi non trovarono più quelli allungati delle statue ma si infilarono nelle orbite vuote di un teschio, quella sensazione di cuore in gola e di lingua paralizzata per lo spavento gli sembrò la cosa peggiore che avesse mai provato.

Questo sì era come nei film! Lo scheletro occupava il centro del corridoio, infilzato da due punte di metallo fuoriuscite dalle pareti. La più classica delle trappole per chi ha visto un film di avventura: ma per un profanatore di tombe di qualche secolo prima, probabilmente, quel tranello non doveva essere facile da prevedere... «Comunque,» pensò Aziz mentre cercava di calmare i battiti impazziti del suo cuore «un conto è vederle al cinema, certe cose, un altro è trovarsele a due centimetri dal naso».

Deglutì a fatica, guardando Ibrahim con una smorfia di disgusto. *Ffiuuu*! Riprese fiato, passando sotto una delle punte metalliche e badando a evitare ogni contatto con quei poveri resti.

Il corridoio proseguiva per pochi metri e poi svoltava di nuovo, a sinistra, nella direzione iniziale. Adesso i due si avvicinavano con circospezione agli angoli, prima di superarli. Questa volta non c'era nessuno scheletro ad aspettarli ma ormai si erano resi conto che quello non era un gioco innocuo e a ogni passo temevano di far scattare qualche terribile trabocchetto.

Non c'erano più statue ma, dipinte sui muri, lunghe file di figure umane coperte da lievi vesti candide sembravano accompagnare i due giovani esploratori. E dopo poco, il pavimento s'inclinava verso il basso. In fondo andava avanti qualche metro in piano, per poi svoltare di nuovo a sinistra fino a un ampio piedistallo sul quale, accucciato con aria severa, montava la guardia il terribile sciacallo nero di Anubi.

Quando la torcia illuminò la figura del custode del regno dei morti, Aziz e Ibrahim si bloccarono. D'accordo, era una statua anche quella, ma l'idea di doverci passare davanti non era uno spasso: avevano una fifa blu. Eppure una forza irresistibile li spingeva a proseguire. Così vinsero la paura e superarono titubanti il grosso sciacallo scuro. Ma solo per scoprire che li attendeva un passaggio ancora più inquietante!

Il cunicolo, una volta girato l'angolo, continuava tra due file di sculture, e tutte raffiguravano a grandezza naturale - corpo di uomo, testa di animale - il dio Anubi, incamminato nella loro stessa direzione.

Aziz e Ibrahim si fecero forza e si infilarono in quello strano corteo, sbirciando ora di qua ora di là le statue che oltrepassavano. Anubi non era mai raffigurato nella stessa posa, il che aumentava la sensazione di trovarsi all'interno di un corteo animato; nella maggior parte dei casi il dio teneva le braccia tese in avanti a portare quelle che si sarebbero dette offerte rituali. Uno di quegli oggetti, anche solo come reperto archeologico, avrebbe assicurato una fortuna al suo possessore... ma Aziz non aveva troppa voglia di avere a che fare con Anubi e accantonò l'idea di portar via qualcosa. E fece bene, perché non era affatto il caso di distrarsi.

Appena svoltato l'angolo, di colpo il pavimento non c'era più e un grande buco rettangolare, lungo quasi tre metri, impediva di proseguire. Al di là, le statue seguitavano la loro immobile processione. Il buco si apriva su un pozzo profondissimo, e fu inutile dirigere le torce per intravedere il fondo.

– Un trabocchetto...? – bisbigliò Ibrahim.

– Qualcosa del genere...

Aziz e Ibrahim cercarono un modo per proseguire. Il buco occupava quasi tutto il corridoio, ma ai lati c'era uno strettissimo cornicione. Il piede di un adulto non sarebbe mai riuscito a poggiarci trovando l'equilibrio, ma quello di un ragazzo...

Ci si poteva provare. – Speriamo che tenga... – mormorò fra sé e sé Aziz cercando di stare il più incollato possibile alla parete.

La speranza di Aziz fu esaudita e i due ragazzini si trovarono sani e salvi al di là del pozzo. Per fortuna avevano lasciato gli zaini fuori dalla tomba: sarebbero stati d'impiccio. Guardarono un'ultima volta con sollievo il baratro che avevano superato e rivolsero l'attenzione a quel che li aspettava. Ancora un po' di corridoio, e poi un muro. Fine. Ma sulla destra s'intravedeva un'apertura. Una porta. Aziz e Ibrahim si affacciarono con trepidazione. Oltre, si allargava una grande stanza.

Fin lì si era scherzato. Ora stavano per mettere piede nella tomba vera e propria!

Ad Aziz tornano alla mente le fotografie della tomba di Tutankhamon viste al museo. Sembra che quelle immagini gli si siano tramutate in realtà sotto gli occhi. La sala che ha di fronte è ricolma di centinaia di oggetti, accatastati alla rinfusa. Un po' come quando un camion di traslochi riversa tutto il suo contenuto all'ingresso di una nuova casa da arredare: e in effetti, un funerale, per gli antichi egizi, era qualcosa di molto simile a un trasloco. Tutti i beni di proprietà del defunto venivano trasportati nella sua estrema dimora. Davanti a lui, mobili, sedie, statue di varie dimensioni, vasellame di ogni genere, piatti, anfore... i fasci di luce delle due torce si muovono lentamente nel buio: quel gruppo di pezzi smontati - a giudicare dalle grandi ruote di legno - doveva formare, una volta riassemblato, un bellissimo carro.

E lì, nell'angolo, riluce tenuemente un cumulo di oggetti in alabastro: piccole sculture, tazze e recipienti di ogni foggia. Forse contenitori di balsami o l'equivalente di un moderno set da trucco con il quale, ogni mattina, Nefertiti si truccava per rendere il suo bel viso ancor più affascinante?

La luce si sposta. Su un lato della stanza ci sono delle casse di legno variopinte. Tra loro spunta la testa di ibis del dio Thot. È una statua di legno a grandezza naturale, ma Aziz trasale ugualmente quando dal buio spunta quella sagoma inquietante dal becco ricurvo.

Molti oggetti sono ricoperti da teli scuri, il che - se possibile - rende ancor più emozionante l'atmosfera che avvolge la stanza. Aziz prova più volte il desiderio di avvicinarsi e scostare il tessuto ma... le stoffe sono in quella posizione da migliaia di anni ed è molto probabile che solo all'apparenza siano ancora morbide come un tempo, mentre tra le sue dita si sbriciolerebbero. E poi, basta uno sguardo tra Aziz e Ibrahim perché s'intendano, non bisogna toccare assolutamente nulla: gli archeologi devono trovare tutto esattamente com'è. Però, la curiosità è così forte...

Ma ancor più forte è la curiosità per ciò che ancora li aspetta. Eh sì, perché in fondo, nell'angolo opposto a quello d'ingresso, c'è un'altra porta, e la sala in cui si trovano non è altro che un'anticamera. Cosa ci sarà oltre?

Oltre, c'è di che restare senza fiato.

Una stanza di dimensioni più ridotte trabocca

di oggetti rilucenti. Sembra tutta d'oro, e Aziz è pronto a scommettere che lo sia per davvero. Nei quattro angoli ci sono alti bracieri su treppiedi ornati da smalti e stucchi di mille colori, e su uno scaffale di legno accostato a una parete è poggiato un numero incredibile di cilindri di metallo dorato decorati con lapislazzuli blu. Aziz giurerebbe che sono custodie per papiri: ha davanti una vera e propria biblioteca dell'Antico Egitto! Su un mobile intarsiato sono disposti, come per un rinfresco, dei calici di oro e alabastro... e adagiata poco di fianco una lunga veste tempestata di pietre preziose riluce come appena uscita dalle mani sapienti di uno straordinario sarto-orefice...

Aziz e Ibrahim potrebbero passare ore lì dentro, perché ogni piccolo spostamento delle torce rivela un nuovo meraviglioso oggetto, ma è come se quella porta là in fondo, appena un poco più piccola delle precedenti, li chiamasse, con una forza irresistibile. Così, sfilano in mezzo a quell'enorme quantità di oro, con gli occhi fissi sulla buia apertura. Entrambi immaginano cosa potrebbero trovare, al di là, ma non osano dirlo. Si fermano per un istante sulla soglia.

A tutti e due tornano alla mente le storie sentite sulla Maledizione dei Faraoni: cosa succederà se fanno ancora un passo?

3

La tomba

La prima cosa che li colpisce, entrando, è un odore che non saprebbero descrivere: lievissimo, appena accennato, come fosse l'impercettibile traccia di un profumo intenso di mille e più anni prima. Poi notano le pareti, coloratissime. Su sfondo ocra e arancio, i dipinti sono incredibilmente sfarzosi; ma non fanno in tempo a osservarli nei dettagli, perché la loro attenzione è immediatamente attratta da una massa scura, al centro del locale. Si danno di gomito, trattenendo il respiro, e si avvicinano, puntando le loro luci.

È come se la testa di Aziz girasse, quando vede emergere dall'oscurità la sagoma del grande sarcofago: e dal sarcofago lo guarda il bel volto di Nefertiti!

Il sarcofago è più di tutto quel che potessero immaginare: è più imponente di quello di Tutankhamon, più prezioso e splendente di tutte le cose scoperte fino a quel momento, più raffinato ed elegante di tutte le statue che hanno visto finora... e che sia di Nefertiti non c'è alcun dubbio. Non bastasse la verosimiglianza del viso ritratto sul coperchio, con il copricapo regale e lo scettro, un enorme cartiglio, che ormai Aziz sa decifrare benissimo, riporta chiaro il nome e il titolo del defunto: Nefertiti, Regina dell'Alto e del Basso Egitto.

Aziz e Ibrahim non erano in grado di dire con precisione quanto fossero rimasti nella sala mortuaria, tanto erano affascinati da quel che avevano di fronte. Forse cinque minuti. Forse un'ora. Girarono lentamente attorno al sarcofago e non si scambiarono una sola parola per tutto il tempo.

Ci volle un po' perché Aziz uscisse dallo stato di euforico torpore in cui quella scoperta eccezionale li aveva fatti cadere. Era ora di avvertire gli altri. Margot non doveva restare fuori da tutto questo. E neanche Patrick...

– Dai, Ibrahim! – chiamò a voce bassa. – Andiamo!

Ibrahim faceva fatica a staccarsi dal sarcofago. Stava immaginando cosa poteva esserci dentro:

non tanto la mummia - i cadaveri mummificati visti al museo gli avevano sempre fatto un po' impressione - quanto le decine e decine di oggetti preziosi che, com'era uso, dovevano essere stati disseminati tra le bende... Aziz dovette tirarlo per la maglia per portarlo via.

Aziz pensò che gli spiaceva che quell'avventura stesse per finire: una volta insieme agli altri non sarebbe più stata la stessa cosa... gli balenò un'idea un po' perfida, ma che lo allettava moltissimo.

Arrivarono al punto dove il pozzo si apriva nel pavimento; Aziz aiutò Ibrahim a passare.

– Ora sono sicuro che non può succederti niente di male – gli disse Aziz da una parte all'altra del baratro. Ibrahim lo guardava senza capire.

– Adesso scendi al camper, svegli Margot e Patrick e gli racconti cosa abbiamo trovato. Poi li porti su. Io vi aspetto qui.

Si sarebbe perso la faccia del suo amico e dell'archeologa di fronte al racconto della scoperta, ma ci avrebbe guadagnato almeno un'ora tutto da solo nella tomba di Nefertiti. Non avrebbe mai più avuto un'occasione simile!

– Ma... ma... – balbettò Ibrahim.

– Potrebbero cambiare le condizioni di luce: chi lo sa... potresti non ritrovare l'ingresso: tra un po' uscirò anch'io e vi farò segnali con la torcia...

– Ma Aziz! Non voglio andare!

– Poche storie! Tu fai quello che ti dico io, che sono il più grande! Non avrai paura?

– Paura? Be', veramente... cioè, no che non ho paura... però...

– Niente però. Ubbidisci e basta. Vai e torna presto.

Ibrahim fece qualche passo malvolentieri. Si voltò ancora, indeciso.

– F-I-L-A – gli intimò Aziz. E restò solo. – Ah, gran bella cosa farsi ubbidire! – si disse, compiacendosi una volta tanto di essere il più grande e non, come al solito, il più piccolo della famiglia.

Si guardò in giro, fantasticando di essere Carter che... ma che Carter e Carter! Immaginò la voce dello speaker fuori campo, mentre si avvicinava lentissimo alle stanze, gustandosi l'emozione rinnovata:

...Ed ecco il più giovane archeologo del mondo, il famosissimo Aziz Mustafà, mentre procede impavido per i corridoi della tomba della regina Nefertiti, da lui rinvenuta nei pressi di Tell el-Amarna, là dove generazioni intere di studiosi l'avevano inutilmente cercata, fallendo miseramente. Solo Aziz Mustafà è riuscito nell'impresa, districandosi tra mille e mille difficoltà...

Boh... mille difficoltà... diciamo qualche

difficoltà... ma forse neanche... a dir la verità, è stato tutto abbastanza facile... troppo facile!

Si fermò. Scrutò i dipinti sui muri. Ma dai! Che dubbi gli venivano? Quella era la tomba di Nefertiti. Non aveva visto il sarcofago? E il cartiglio? E le statue di Anubi?... Eh già, le statue di Anubi... ma Akhenaton non aveva fatto piazza pulita di tutti i vecchi dei, Anubi compreso? Possibile che Nefertiti avesse abbandonato in punto di morte il nuovo culto di Aton?

Qualcosa cominciò a non quadrare nella testa di Aziz e le idee presero a girare vorticosamente.

Dov'era finito, lì dentro, il culto di Aton? E poi... e poi si ricordò di una storia raccontatagli dallo zio Misha: finte tombe costruite bene in vista per trarre in inganno eventuali profanatori e sviarli dalle tombe vere, nascoste lì vicino: perfetti specchietti per le allodole... non sarà che... ma Aziz non riuscì a finire il pensiero, perché lontano, da qualche parte in fondo al corridoio alle sue spalle, un violento *slam*! lo fece sobbalzare: come il rumore di qualcosa di pesante che ricade. E subito dopo gli parve di cogliere un brontolio soffocato. Avrebbe giurato che fosse suo cugino che chiedeva aiuto.

4

Le cose si complicano terribilmente

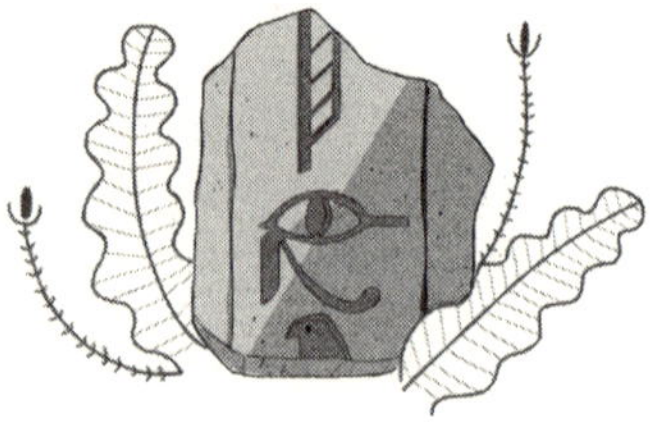

Partì di corsa, istintivamente. Passò più velocemente che poté il pozzo, e via!, lungo il corridoio. Rallentò solo per evitare lo scheletro, che ovviamente era ancora lì, infilzato dalle due tremende punte, a ostruire il passaggio. Questo gli diede finalmente qualche secondo per pensare. Restò fermo, ansimando. Dove stava correndo? Verso che cosa? Un subdolo senso di paura gli si insinuò nello stomaco e gli fece sentire una strizzatina nella pancia.

«Calma, Aziz. Calma. Calma. Calma…» cominciò a ripetersi. Ma aveva un bel ripetersi di stare calmo. La Maledizione dei Faraoni iniziava a pesargli addosso e la torcia gli tremava nella mano senza che riuscisse a controllarsi: e la luce tremava con lei, così che le statue degli dei egizi parevano animarsi davanti a lui, pronte ad avventarglisi addosso a ogni passo.

Quando superò incolume l'ultima delle sculture, Aziz tirò un sospiro di sollievo. Là in fondo si intravedevano le scale! Ok. Era fatta. Tra pochissimo sarebbe stato fuori. Probabilmente era stato vittima della suggestione: quel rumore poteva essere stato provocato da un mucchio di cose...

Così stava pensando, e intanto accelerava il passo verso l'uscita. Non avrebbe dovuto farlo. Anche lui se ne rese conto: ma era troppo tardi.

Mentre passava davanti alle due stanzette laterali che aveva trovato all'inizio della sua esplorazione ebbe un'intuizione, guardando davanti a sé: verso la cima delle scale non si percepiva il chiarore della luce lunare che avrebbe dovuto entrare dalla botola aperta. Qualcosa non andava. Ma non ebbe il tempo di trarre delle conclusioni.

In quel preciso istante una mano uscì dall'ombra e con una stretta violentissima lo afferrò per un braccio, facendolo urlare di terrore.

– *Erwischt!* – gridò una voce.

Aziz girò i suoi occhi spalancati a destra puntando la torcia e gli apparve una figura spettrale che usciva dal buio della stanza laterale. Si trovò a pochi centimetri una faccia pallidissima, con i capelli bianchi, gli occhi rossi, i tratti del volto deformati da un orribile ghigno e dalla luce che lo colpiva dal basso verso l'alto. Era un fantasma! Era una creatura risorta dalla tomba per uccidere i profanatori! E il grido che gli aveva trapanato le orecchie era la sua condanna pronunciata in qualche lingua antica!

– *Bitte*, caro *pampino*! Molto spiacente io di avere spaventato te. Tu fa compagnia ora a tuo piccolo amico... *ja*?

Quello... quello era tedesco, accidenti! Altro che lingua antica! E quello legato e imbavagliato nell'angolo era... Ibrahim!

La morsa della mano sul braccio gli faceva male: – Cosa vuoi da noi? Lasciami andare!

– Lasciare te andare? Neanche per sogno! Bene che sei stato bravo ad arrivare fino a *qvi* e che se io non vedeva vostri zaini non trovava la entrata, ma io non posso permettere che un *pampino* rovina mia scoperta o va chiamare altra gente.

– Ma questa scoperta non è tua! È mia... è di Margot!

– Margot? Margot Simenon? L'assistente di *qvel* sciocco di Livingstone? Lei giovane inesperta e lui vecchio inglese strano. Credeva di dover aiutare l'umanità a capire la sua storia. Ah! Ah! La unica cosa che univa me e lui era credere che Akhenaton era il primo monoteista di intera storia. Ma lui non vedeva il vero valore di *qvesta* scoperta...

– Quale valore?

– *Ja*, grande valore. Molti studiosi sono stati sicuri che il primo momento che Dio si rivela al mondo porta con sé grandissima potenza. E gli oggetti che sono simboli di quel momento danno uno potentissimo potere.

Aziz lo guardava allibito.

Il tedesco gli diede uno strattone, spingendolo nella stanza laterale, quella in cui si era nascosto per aggredirlo.

– Tu non capisci, *nein*? Sciocco come tutti altri! Chi entra in possesso di *qvei* simboli può dominare il mondo! Gli archeologi del grande Führer, loro sì, avevano capito. Ma loro pensavano a potere di ebrei, Arca dell'Alleanza: *qvelle* cose lì. Non avevano capito che prima di religione giudaica c'era religione di Akhenaton. Lì bisognava cercare!

– Il... il Führer? – balbettò Aziz senza comprendere.

– Il Führer, *ja*. Adolf Hitler. Forse se archeologi nazisti capivano giusto, Germania non perdeva guerra. E ora, *ja, ja,* tutto mondo diverso.

Aziz osservava l'uomo, che adesso l'aveva lasciato

al centro della piccola stanza. Occupava lo spazio della porta ostruendo l'unica via di fuga e con la punta del piede dava piccoli calci a Ibrahim per spingerlo in direzione di Aziz. Il tedesco portava dei calzoncini corti, pieni di tasche, e degli scarponi leggeri da rocciatore. La maglia nera faceva risaltare ancor di più l'estremo pallore della pelle; i peli delle gambe e i capelli erano quasi bianchi, eppure l'uomo era ancora giovane. Le sopracciglia, in particolare, erano tanto chiare da essere quasi invisibili e questo conferiva al suo viso un'espressione surreale e inquietante, quasi si trattasse di una maschera. Era un tipo molto particolare, e non gli era nuovo: dove l'aveva già visto?

Intanto quello frugava con una mano nel proprio zaino e, senza togliere gli occhi arrossati di dosso ai due ragazzi, seguitava a parlare con il suo ridicolo accento: – Certo non si poteva lasciare una scoperta come *qvesta* in mani di uno sciocco come Livingstone: tanto sciocco da non capire che suo assistente si stava vendendo tutte le informazioni su sue scoperte...

– Il suo assistente? Goffrey?

– *Ja, ja*: Goffrey Sigraan – rispose il tedesco estraendo un altro pezzo di corda dallo zaino. – *Qvello* sì che aveva capito che c'era tanta gente pronta a pagare molto danaro per sapere di *qvesta* faccenda... troppa gente: e troppo danaro. *Und* Goffrey lo voleva tutto, sì. Ha fatto... come dite voi?... Dite... ah sì, ha fatto doppio gioco. Ha venduto a me informazioni sulla tomba che aveva la mappa su suo muro, ma anche ad altri... infatti, *qvando* sono andato nella tomba *qvalcuno* aveva rovinato i muri e cancellato tutto: e io immagina perché...

– Quindi non hai trovato la mappa? –. Aziz non riusciva a vincere la sua curiosità neppure in una situazione come quella.

– *Nein*, ma purtroppo ho trovato Livingstone, che aveva solo fatto finta che tornava in Inghilterra. *Und* era meglio per lui se ci andava, in Inghilterra: lui sapeva tutto, e io non sapeva niente. Dovevo *gvadagnare* tempo, sì. Non potevo fare che lui arrivava *qvi* prima di me. Così l'ho chiuso nella tomba e sono andato - ah, ah, diciamo così - a portare mio reclamo a Goffrey. Aveva paura da *qvando* aveva saputo che Livingstone era morto... eh, eh, mai scherzare con fuoco... lui deciso che diceva tutto: voleva lasciare dichiarazione e documenti su tutta la storia a tua amica Margot e scappare da *qvalche* parte con soldi avuti vendendo notizie. Ah, ah! Ma non ha fatto in tempo. Io *erwischt* lui... sì, beccato lui proprio mentre faceva copia di mappa in sua casa *und*... sì, non era il caso che lasciava lui spifferare tutto...

La casa di Goffrey! Ecco dove l'aveva visto, si ricordò Aziz. L'uomo che usciva dal portone proprio quando loro stavano arrivando!

«Ecco allora chi aveva ucciso Livingstone!» pensò con un brivido Aziz, mentre guardava l'albino avanzare piano verso di lui con la corda in mano.

– Ma *verdammt* Sigraan! Non aveva finito sua copia e io ho dovuto pedinare voi fino *qvi* per trovare finalmente *qvello* che cerco da anni... e certo non vi metterete di mezzo voi due...

Aziz fissava i suoi piccoli occhi rossi. Quell'uomo era completamente pazzo: e se non aveva esitato a uccidere già due volte, perché non avrebbe dovuto farlo ancora? E non avrebbe mai lasciato che Margot e Patrick venissero a cercarli. S'immaginò in un istante la scena: l'uomo che arriva al camper mentre è ancora buio, apre piano la porta, trova i due che dormono...

Ibrahim guardava da terra, senza poter far nulla. Il tedesco era ormai a un passo da suo cugino, quando Aziz si prese la testa tra le mani, raggomitolandosi su se stesso e iniziando a piangere come un bimbo.

– Ti prego! Non ci fare male! Ce ne andremo e non racconteremo niente! Per favore!

L'albino si fermò per un attimo.

Allora Aziz scattò come una molla dalla sua

strana posizione e piombò di testa, con tutta la sua forza, nello stomaco dell'uomo, o forse anche un po' più in basso. Fatto sta che quello buttò fuori un rauco *ough*! e si piegò in due. Fu solo un momento, ma tanto bastò perché Aziz schizzasse fuori dalla stanza correndo come un pazzo.

Girò a sinistra, per fortuna, perché - fece appena in tempo a pensare - dall'altra parte la sua fuga sarebbe finita presto, contro la botola chiusa. Ma anche di qui, dove poteva andare? In ogni caso non c'era tempo per riflettere, perché alle sue spalle avvertì immediatamente i passi pesanti dell'uomo che gli correva dietro.

Girò l'angolo già lanciato a razzo e s'infilò agilissimo tra il muro e lo scheletro proseguendo a tutta velocità, nonostante la torcia gli illuminasse male la strada: almeno aveva sul suo inseguitore il vantaggio di conoscere il percorso.

Infatti sentì dietro di sé un sinistro *crash* e il rumore di ossa che rotolavano a terra, un tonfo, e una serie di quelle che sicuramente erano imprecazioni in tedesco; se la situazione fosse stata diversa ci sarebbe stato persino da ridere: l'albino si era incontrato con lo scheletro... e lui aveva guadagnato qualche metro.

«Via! Via! Via! Corri!» era l'unica cosa che

riusciva a pensare mentre mulinava le gambe. «Via! Via! Giù per la discesa. Via! Si sentono di nuovo i passi dietro di me! Ecco le statue di Anubi! Via! Via!»

Con orrore ebbe un'intuizione mentre sfrecciava tra le sculture e vedeva l'angolo del corridoio avvicinarsi. Appena svoltato c'era il pozzo! Avrebbe dovuto fermarsi! Il tedesco lo avrebbe preso!

In realtà non c'era tempo neppure per fermarsi né tantomeno per pensare. Fu qualcosa di istintivo, che se ci si fosse preparato probabilmente non sarebbe mai riuscito a fare. Girò l'angolo, senza rallentare. Per quanto possibile in quel poco spazio prese le distanze dal baratro che si apriva davanti a lui: poi batté col piede destro vicino al bordo, come gli avevano insegnato a scuola nelle ore di educazione fisica per prepararsi alle gare di salto in lungo. Si buttò, in avanti... picchiò sul cornicione laterale con la pianta del piede sinistro e da lì riprese la spinta in avanti. Atterrò miracolosamente dall'altra parte con uno slancio (e una fifa!) tale che continuò a correre senza la minima esitazione.

Era già nell'anticamera, cercando di pensare a un posto dove nascondersi, quando alle sue spalle sentì un urlo, poi un tonfo lontano.

Poi più niente.

Aziz si era rincantucciato in un angolo dell'anticamera mortuaria, tra alcuni grossi otri di terracotta che fornivano un buon nascondiglio. Restò lì per alcuni minuti, che nell'oscurità gli parvero interminabili.

Ma nessuno venne a cercarlo.

Alla fine, timoroso, si risolse a muoversi: insomma, non poteva restare lì in eterno. Col pollice fece scattare l'interruttore della torcia e si incamminò. Arrivato al pozzo puntò un'altra volta la luce verso il basso, ma il raggio si perdeva in quell'abisso nero. Così superò il buco e ritornò nella stanza dove sperava di trovare Ibrahim. Il cuginetto era ancora là, legato sul pavimento, e i suoi occhi spauriti s'illuminarono di un'espressione incredula quando vide comparire Aziz.

– Cos'è successo? – fu la prima cosa che disse appena tolto il bavaglio.

– Credo che… che sia caduto nel pozzo… – replicò con un filo di voce Aziz.

La prima sensazione che provò Ibrahim fu di sollievo. La seconda… – Ma… dobbiamo fare qualcosa… non possiamo lasciarlo là dentro… magari è ancora vivo…

– Temo non ci sia molto da fare; però… andiamo a dare un'occhiata…

Tornarono indietro.

– Ma come hai fatto a passare senza farti prendere? – chiese Ibrahim mentre Aziz si sdraiava per guardare dentro la voragine.

– Lasciamo perdere... – rispose Aziz scrutando verso il basso e allungando il braccio, con la torcia ben stretta, più in giù che poteva. – Se te lo raccontassi non ci crederesti... non lo rifarei una seconda volta per tutto l'oro del mondo e mi sa anche che per la prossima lezione di salto in lungo mi farò fare una giustificazione. Ecco, vedi? – disse inginocchiandosi sul bordo del baratro. – Il pozzo è profondissimo. Temo che per quel pazzo non ci sia più nulla da fare... e poi, guarda: sulle pareti non ci sono appigli di nessun genere per salire o scender...

Gli si troncò la frase a metà. E Ibrahim, che lo guardava incuriosito, lo vide tirarsi su di scatto e, in ginocchio, agitare le braccia al cielo come un centravanti che ha appena segnato il gol decisivo nella finale di Coppa del Mondo. – Aaah! Lo sapevo! Lo sapevo che non era finita qui!!!

5
Nefertiti

Aziz era tornato indietro per recuperare la corda con la quale il tedesco aveva immobilizzato Ibrahim e quella che voleva usare per legare lui. Le aveva unite con dei nodi ben saldi. Poi aveva attraversato il pozzo e adesso stava fissando un capo della corda al basamento di una delle statue di Anubi, la più vicina al buco.

Intanto spiegava a Ibrahim: – Capisci? Scommetto che quella che abbiamo trovato è solo una finta tomba: era un espediente che gli antichi egizi usavano per ingannare i ladri…

Ora Aziz si stava imbragando alla vita e alle spalle con l'altro estremo della fune: – Qui sotto forse c'è un altro corridoio e se non mi sbaglio…

Ibrahim s'inginocchiò ancora una volta a guardare. La parete del pozzo, quattro o cinque metri più sotto, presentava una grande apertura che pareva consentire l'accesso a un cunicolo parallelo al corridoio dove si trovavano loro due. L'idea era semplice ma geniale: non solo erano stati scavati altri locali in una posizione tanto imprevedibile, ma bisognava anche che scattasse la trappola, che cedesse il pavimento, che qualcuno si prendesse la briga di scendere a illuminare il pozzo perché si arrivasse a scoprire il passaggio.

– Tieni la corda più forte che puoi, – si raccomandò Aziz – la statua potrebbe non bastare come appiglio. E poi fai attenzione: è indispensabile che tu resti qui, per qualunque evenienza. Non so cosa potrei trovare là sotto... e potrei avere bisogno di aiuto per risalire... insomma, mi fido di te... – e si lasciò andare lentamente nel vuoto.

Non fu troppo difficile scendere. Aziz, con pochi movimenti misurati, raggiunse l'apertura più sotto, ci si infilò e, una volta ben poggiati i piedi a terra, accese la torcia e si guardò attorno. Un corridoio spoglio, scavato nella roccia: all'apparenza, niente da temere. A quel punto si slegò, diede una voce a Ibrahim e si incamminò guardingo verso l'interno.

Lo stupì il fatto di non trovare nessuna

decorazione, al punto che lo assalirono di nuovo i dubbi: e se quello fosse stato solo uno spazio, come dire, di servizio, scavato per facilitare in qualche modo i lavori, e non portasse da nessuna parte?

Come già era accaduto al livello superiore, il pavimento, dopo un po', inclinava verso il basso, e s'inoltrava ancor di più in profondità. Poi un tratto in piano. Poi di nuovo una discesa. E, attorno, sempre quei muri grezzi, e quel soffitto ruvido, come se si trattasse del tunnel di una miniera. Aziz stava per farsi prendere dallo sconforto. Ma fu per poco.

In fondo all'ultima discesa il corridoio terminava. Non contro un muro di roccia, però.

Un grande portone. Completamente dipinto di nero. E, sopra, come fossero delle maniglie, due grossi rilievi dorati raffiguranti lo scettro ricurvo e il flagello: i due simboli del potere dei faraoni egizi.

I due simboli e null'altro. Il portone nero, che appariva anche più grande di quanto fosse in realtà, incuteva timore.

Aziz se ne stette un po' lì senza sapere che fare, poi provò a spingere. Con un lento cigolio la porta ruotò sui cardini, e si aprì.

Doveva aspettarsi qualche trappola mortale? La domanda trattenne Aziz solo per qualche secondo:

non poteva fermarsi adesso, non poteva perdere quell'opportunità fantastica. S'infilò nello spazio tra un battente e l'altro, ed entrò.

«Buio, ovviamente. E cosa potevo aspettarmi? Che odore! Odore di chiuso è dire poco: aria ferma, immobile da tempo immemorabile. Attento: guarda a destra e poi, subito, a sinistra. Non devo farmi cogliere di sorpresa. Ma da che? Cosa può esserci mai? Cavoli, sono tutto sudato. Che stanza grande. È rettangolare. Che giallo vivace sulle pareti! Con quegli steli di giunco e di papiro dipinti, poi, risalta ancora di più. E ai lati cosa c'è? Due aperture. Dietro ci sono due stanze... otri, vasi e... sì, dei cesti. Quasi quasi vado a curiosare... ma, aspetta... cos'è? Lì davanti brilla qualcosa... un passaggio! Si prosegue oltre e si passa sotto due palme, piegate una verso l'altra, a creare un arco... non saranno... ma sì, sono d'oro massiccio: è incredibile! E lì sotto... calmo. Non è niente. Non possono che essere statue come al solito: non ci sono uomini così alti. Proprio due guerrieri con le spade alzate dovevano metterci? E poi, così neri... devono essere scolpiti nel granito... fanno una paura... e da vicino è ancora peggio: questa abitudine degli egizi di dipingere gli occhi alle statue le rende così inquietanti... oggigiorno non ci siamo abituati, sembra sempre che ti stiano fissando... d'altra parte, se li hanno messi di guardia, non possono fare diversamente... non distrarti a guardare le statue, guarda davanti...»

A quel punto non si può proprio raccontare cosa passò per la testa di Aziz, perché era come se i pensieri gli si fossero fermati. Pochi metri davanti a lui immobile, in piedi, poggiata lievemente con una mano a un trono sfarzosissimo, c'era Nefertiti in persona. Ed era come lui aveva sempre pensato: bellissima!

Forse era appena un poco più bassa di come si sarebbe aspettato. Portava una lunga veste bianca che aderiva morbidamente alle forme del corpo. Un pettorale poggiava sulle spalle e copriva il petto con un elegantissimo e variopinto intreccio di pietre. Una corda d'oro le cingeva i fianchi, annodandosi sul ventre e lasciando pendere un lungo capo tra le gambe. I piedi spuntavano appena da sotto la tunica, facendo intravedere i sandali, d'oro anch'essi. Ma fu il viso a catturare l'attenzione di Aziz: circondato dalla massa di capelli nerissimi, trattenuti nella tipica acconciatura egizia da un diadema, era perfetto, affilato, dolce e deciso al tempo stesso; l'ovale degli occhi, profondi, e la linea delle sopracciglia, sottili, erano sottolineati da un trucco sapiente. La fronte spaziosa e proporzionata; gli zigomi, ben marcati, erano quelli di una donna sicura di sé. La pelle, liscia, senza un'imperfezione, aveva i toni caldi e solari della scultura vista da Aziz al museo: un colore che la luce fredda della torcia elettrica non riusciva a smorzare.

Ma l'inganno era durato il tempo di un nulla.

«Caspita» pensò Aziz non appena si fu ripreso dallo stupore. «Gli artisti egizi erano proprio bravi! Scolpivano delle statue davvero straordinarie. È incredibile: sembra vera...» Aziz non resistette alla tentazione di sfiorare le dita ingioiellate della mano affusolata per capacitarsi che non fosse viva.

Fu allora che sollevò gli occhi e rimase ancora una volta a bocca aperta. Affascinato dalle sembianze della bella regina, non si era neppure guardato attorno, e quel che vide adesso superava ogni sua aspettativa.

La sala dove era entrato era enorme, al punto che il suo fascio di luce faticava a raggiungere le pareti. Ai lati di Nefertiti e del suo magnifico trono era schierata la guardia d'onore militare della regina: decine di soldati in perfetto assetto da parata erano pronti a intervenire. Anche in quel caso si trattava di statue, naturalmente: ma gli uomini erano raffigurati a grandezza naturale, ognuno diverso dall'altro, con atteggiamenti ed equipaggiamenti che variavano dall'uno all'altro, così che si aveva la precisa sensazione di trovarsi in mezzo a veri e minacciosi drappelli di militari.

E poi, attorno... che cosa stupefacente!

L'intera sala riproduceva un giardino esotico, forse un luogo dove aveva vissuto Nefertiti, e che lei aveva particolarmente amato. Uno spazio era occupato da una fontana di marmo, decorata con foglie rampicanti scolpite e dipinte in maniera tale da sembrare vere. Raffinatissime lavorazioni in alabastro davano l'idea degli spruzzi d'acqua che zampillavano nella grande vasca. E poi, ancora, sculture di mille materiali diversi - marmo, granito, legno, alabastro, pietre preziose e oro - riproducevano piante di ogni genere: palme che spuntavano dal pavimento, sicomori che creavano angoli ombrosi, tamarindi che parevano profumare, giunchi e ninfee che sembravano nascondere uno specchio d'acqua, e fiori, foglie, rami... Aziz non credeva ai suoi occhi. Anche i muri erano decorati con dipinti e bassorilievi rappresentanti il giardino, e tra quelli era raffigurata Nefertiti, in comportamenti semplici e normali, mentre coglieva un fiore, mentre sedeva con le sue dame all'ombra di un pergolato...

E su un lato della stanza... che emozione! Un

tavolo di marmo rosa sormontato da un ampio specchio di rame levigato perfettamente, al punto che ancora Aziz poteva riflettercisi; e, sul tavolo, vasetti, gioielli, piccole cose personali della regina, in ordine come se la sua stanza fosse stata riassettata qualche ora prima da una cameriera: unguenti, pennelli da trucco, perfino una specie di spazzola, una piccola pinza per le sopracciglia, una quantità di fermagli per i capelli... «Eh sì,» pensò Aziz «il paragone con Margot non era proprio campato per aria: Nefertiti si pettinava ogni mattina come una donna qualunque...». Ad Aziz venne la tentazione di fare una cosa che sapeva di non dover fare, ma...

Intanto curiosava: sul piano o poggiati intorno c'erano oggetti appartenuti a Nefertiti: un tavolino da gioco, un sottile arco e una faretra di frecce (allora era vero che andava a caccia come gli uomini!), una tunica intessuta di perle, una sedia intarsiata, dei bicchieri, del vasellame... insomma era come se in quella stanza ci fossero tutte le cose che avevano riempito la vita della regina... e lì, per terra, un piccolo cumulo di cocci, e su ognuno di essi lo schizzo di uno dei dipinti che ornavano le pareti. Forse li aveva immaginati e abbozzati la regina personalmente?

Ma non c'era tempo per concentrarsi su quei

particolari: al centro di quell'ambiente, infatti, si ergeva la maestosa camera sepolcrale. Una vera e propria piccola palazzina: quattro lati in marmo, con archi che creavano un porticato, e sopra addirittura una cupola. E lì dentro, rifletté Aziz, c'era di sicuro la vera mummia: i resti mortali della regina. Ma sapeva anche che - come nella tomba di Tutankhamon - la camera sepolcrale poteva essere fatta, al suo interno, da più e più contenitori incastrati uno dentro l'altro. Per niente facile da aprire senza rompere i sigilli, e senza causare danni.

Aziz non se la sentiva. Entrare a curiosare nel cuore del sepolcro, nell'angolo più recondito e degno di rispetto di una tomba... Per un momento gli balenò l'idea che non avrebbe dovuto entrarci proprio nessuno. In ogni caso non sarebbe stato lui a farlo. Aveva già avuto tanto da quell'avventura; anche molto di più di quello che si sarebbe immaginato: che il lavoro lo finissero gli archeologi, con le precauzioni dovute, e gli strumenti di rilevazione, e i filmati, e le fotografie e... che tristezza, gli venne da pensare: un luogo che era stato progettato per restare inviolato per l'eternità di lì a poco sarebbe stato aperto, studiato, sezionato...

«Be', meglio non pensarci» si disse. «E poi Ibrahim sarà in pensiero. Devo tornare.» E si girò deciso. Con la punta del piede incespicò nel mucchietto di cocci, smuovendoli.

Gli venne in mente l'ostrakon rinvenuto da Margot, l'unico pezzo di tutto quell'enigma che ancora non aveva trovato la propria collocazione: la mappa muraria... la poesia di Akhenaton... possibile che l'ostrakon non c'entrasse niente nella faccenda? E cosa diavolo voleva dire? Ancora non l'aveva capito.

A proposito: e Akhenaton? La domanda di prima restava senza risposta anche questa volta: perché nessuna traccia dell'adorato sposo di Nefertiti? E perché quella fantasmagorica riproduzione della vita terrena della regina, ma totalmente priva di riferimenti alla religione? Nessun segno di Aton in tutta quella tomba: non nella prima; non in questa seconda. Possibile che da nessuna parte...?

Aziz aveva la sensazione che qualcosa gli sfuggisse: come se ci fosse un elemento da ricordare che la sua mente non ritrovava.

Di nuovo qualcosa non quadrava. Quella tomba così legata alle cose materiali non andava d'accordo con l'idea che si era fatto di Nefertiti: ma chi era lui, in fondo, per sapere cosa passava per la testa di una delle donne più famose dell'antichità? Era solo un ragazzino. Un ragazzino che non aveva mai studiato archeologia e si muoveva a malapena in mezzo a quel guazzabuglio che è la storia antica. Ma in quei giorni passati al Cairo, in mezzo a tutte quelle avventure, sentiva di aver conosciuto un po' Nefertiti. Non avrebbe potuto spiegare il perché e il per come, ma era così. E la Nefertiti che lui aveva conosciuto non avrebbe voluto una tomba come quella che aveva appena visitato.

Non l'avrebbe voluta. Ci poteva scommettere.

Così pensava Aziz mentre tornava sui suoi passi. Ormai era arrivato alla fine del cunicolo, davanti alla corda penzolante nel vuoto.

Con grande stupore sentì delle voci venire da sopra. Ma le distingueva a malapena. Questo era Ibrahim.

– ...c'è un passaggio qua sotto...

– ...e lui si è calato...

– ...detto di aspettare qui...

Forse il tedesco si era salvato? O, semplicemente, poteva aver avuto dei complici. Aziz non sapeva cosa fare. Di certo non poteva star lì ad aspettare che lo venissero a prendere. Tanto valeva provare ad agire per primo.

Cercando di far muovere il meno possibile la corda, iniziò a risalire. Sperava di riuscire a rendersi conto della situazione senza essere visto. Ma, a metà della salita, qualcuno cominciò a tirarlo su, e ahimè, a giudicare dalla forza, non era Ibrahim. Non ebbe il tempo di pensare, perché in un battibaleno si trovò issato all'altezza del corridoio. E si trovò davanti l'ultima persona che si sarebbe aspettato...

– Zio Misha! Cosa ci fai qua?!

– Se non fosse che Ibrahim mi ha già raccontato tutta la vostra avventura, dovrei essere io a chiedertelo. Comunque...

Ma Aziz non aveva voglia di ascoltare.

– Aspetta, zio! Senti: qui sotto c'è un cunicolo, e una tomba e ci entri da una porta tutta nera, ma dentro è tutto colorato, è come se ci fosse un giardino, e c'è la statua di Nefertiti che sembra vera, e tutte le sue cose, e persino il suo esercito, e piante dappertutto, è bellissimo, ma io non ci credo che è la tomba quella vera, cioè, la tomba c'è, voglio dire, c'è il mausoleo e penso che dentro ci sarà il sarcofago, ma io non ci ho guardato, però non mi funziona, quella lì non può essere la tomba di Nefertiti, non c'è Aton, e non c'è neanche un segno di Akhenaton, e secondo me bisogna cercare ancora...

– Calma, calma; aspetta un po'. Forse è meglio che ti racconti una storia, almeno per l'essenziale. Ti potrà sembrare incredibile; ma di cose incredibili, oggi, ne hai viste abbastanza per crederci…

Aziz lo guardava interdetto. Solo in quel momento, in effetti, si rendeva pienamente conto di quanto era assurda la presenza dello zio in quel posto.

– Su Akhenaton – cominciò Misha – la so un po' più lunga di quanto ti aspetti. Devi sapere che, quando fece costruire le tombe per sé e per sua moglie, si comportò diversamente da tutti i suoi predecessori. Non uccise gli operai che vi avevano lavorato ma li inviò nelle terre più lontane dell'impero egizio: a molti di loro assegnò anche del terreno, insomma, non li trattò tanto male…

– Li mandò in Palestina…

– In Palestina e anche altrove. Quello che non sai è che ebbe un'altra idea del tutto originale. Decise che non solo non avrebbe eliminato chi aveva progettato la tomba, ma lo avrebbe trasformato dal più pericoloso tra i possibili profanatori nel più fedele degli alleati. Perché i faraoni temevano i loro architetti?

– Be'… perché conoscevano tutti i segreti delle tombe che avevano costruito e quindi potevano violarle più facilmente…

– Ma per gli stessi motivi potevano esserne i migliori difensori. Naturalmente bisognava avere sottomano qualcuno che si conosceva bene, molto fidato e più giovane del faraone, perché potesse sopravvivergli. E quel qualcuno era Hbon-An-Nom.

– Hbon-An-Nom! Quello della tomba trovata da Livingstone!

– Per l'appunto. Era il preferito tra gli architetti di corte, aveva lavorato fianco a fianco con Akhenaton e Nefertiti nella costruzione di Tell el-Amarna e conosceva l'animo dei suoi sovrani, per i quali aveva progettato una tomba che doveva essere luogo di riposo eterno: ci aveva messo tutto se stesso per realizzare i loro desideri e non l'avrebbe profanata per nulla al mondo. Tanto meno avrebbe permesso che lo facesse qualcun altro. Akhenaton sapeva di potersi fidare di lui e lo incaricò di difendere l'integrità della sua sepoltura dopo la sua morte.

– Ma tutto questo cosa ha a che fare con la tua presenza qui?

– Be', Akhenaton non si fermò lì, affidò a Hbon-An-Nom un compito ancor più eccezionale: rivelare al suo figlio primogenito tutti i segreti della tomba e lasciargli in eredità il ruolo di custode, preparandolo a fare altrettanto con il proprio figlio. E così via. Non ci crederai: ma di figlio in figlio, di generazione in generazione, siamo arrivati fino a oggi...

– Non vorrai farmi credere...

– Eh sì. Io sono l'ultimo dei custodi della tomba di Nefertiti e Akhenaton. O meglio: l'ultimo, ormai, è Ibrahim. Avrei voluto aspettare che fosse un po' più grande per raccontargli tutto, ma visto quello che è successo oggi... Ibrahim farà quello che ha fatto suo nonno, e il suo bisnonno e tutti i suoi antenati fino a risalire a tremila e cinquecento anni fa.

– E io che sono tuo nipote...

– Anche tu, Aziz, sei discendente di Hbon-An-Nom, l'architetto reale di Tell el-Amarna.

Aziz era allibito. Si perdeva in quell'infinito succedersi di discendenze come in un vortice. – E come hanno fatto tutti i nostri... i nostri antenati a custodire la tomba?

– Come potete immaginarvi, nel corso dei secoli ne sono successe di tutti i colori: abbiamo dovuto prima di tutto sviare ricerche e occultare indizi. Tanto per fare un esempio: come credi che si sia volatilizzato il papiro che stava leggendo Livingstone? È bastato un po' di anestetico al momento giusto e... *puf!* Quando il professore si è risvegliato il papiro non c'era più...

– Quindi sei stato tu a farlo sparire!

– Be', devo dire che il fatto di trovarmi un lavoro al museo del Cairo, come il nonno, è stata un'idea geniale: è un punto di osservazione perfetto per questo genere di cose.

– E come mai la polizia non ha trovato niente quando ti ha perquisito?

– Oh, pure questo è stato facile. C'è un posto migliore per nascondere un documento che in mezzo a milioni di altri documenti? Ho infilato il papiro nell'archivio del museo, in uno dei settori meno frequentati. Anche a sapere che è lì, ci vorrebbero anni per ritrovarlo senza conoscere la collocazione precisa... ma purtroppo, nel passato, le cose non sono sempre andate così lisce...

– E c'è mancato poco che oggi...

– Eh sì, non posso essere contento che qualcuno sia morto, ma devo dire che la brutta fine di quel fanatico del professor Krunz ha allontanato un grave pericolo dalla tomba...

– Il professor Krunz...??? Quello di cui ci aveva scritto la nostra amica Julie! È lui che ha ucciso Livingstone e Goffrey... ma ti rendi conto che pensava di impadronirsi di un potere straordinario che avrebbe potuto cambiare addirittura il destino di Hitler?

– A quei tempi sono stati in molti gli archeologi tedeschi convinti di queste teorie... e in quel periodo erano molto più pericolosi del tuo amico Krunz...

– Zio, però ancora non ho capito come mai sei qui…

– Per certi aspetti è un caso. Dall'inizio della vicenda di Livingstone avevo capito che si stavano muovendo le acque intorno al segreto delle tombe e occorreva stare sul chi vive. Quando siamo andati ad Abu Simbel speravo di aver risolto almeno temporaneamente la faccenda sottraendo il papiro a Livingstone, ma quando ho sentito della morte del professore ho capito subito che c'era dell'altro: per questo vi ho chiesto di tornare al Cairo. Da quel momento ho tenuto le antenne dritte. Ho i miei informatori e collaboratori, e quando ho saputo che Krunz era in circolazione ho fatto tenere d'occhio i suoi spostamenti. Ho scoperto che aveva a che fare con Goffrey Sigraan: ma, dopo la morte dell'assistente di Livingstone, ho capito che si stava preparando per venire qui e mi sono messo alle sue costole. Mi sembrava impossibile che sapesse dove cercare la tomba: e infatti non lo sapeva. Solo, aveva deciso di seguire Margot, cioè voi.

– Che buffo! Krunz seguiva Margot, e tu seguivi Krunz. E, in fondo, pure noi abbiamo seguito Margot a sua insaputa…

– E così, eccoci tutti qui. Anche se devo dire che alcune cose non le avevo previste. Per esempio, che mi trovassi tra i piedi il mio figlioletto e mio nipote...

– Che però ti hanno fatto comodo, se no ti saresti trovato tra i piedi ben altri: in particolare un archeologo pazzo e disposto a tutto per scoprire chissà che...

– In effetti devo dire che mi avete risolto un bel problema... è anche per questo che mi pareva ti meritassi di sapere tutta questa storia. Ma non solo: in questi giorni ti ho conosciuto meglio e ti ho osservato. Non posso non ammettere che mi hai stupito. Nonostante la tua vita in Francia, hai capito subito un mucchio di cose su questo Paese, che in fondo è anche il tuo Paese. E altre cose, che non hai intuito subito, le hai sapute capire col tempo. Hai mostrato di avere sensibilità per ciò che davvero conta, senza fermarti alle apparenze. Insomma, dentro di te sei un vero Aghagh, diciamo così. Mi viene da pensare che ti meriteresti qualcos'altro...

Aziz lo guardava, imbarazzato per tutti quei complimenti che non si era mai immaginato di meritare: dove voleva andare a parare lo zio?

– Adesso dirigiti verso l'uscita e aspettami là, ai piedi della scala che porta fuori. Non ti muovere da lì. Ibrahim resterà con me a fare una cosa. Poi ti raggiungiamo.

– Zio… scusa… ma non vorrei andarmene… qui c'è ancora qualcosa da trovare… te l'ho detto: la tomba qui sotto non è la tomba di Nefertiti…

– E io direi che adesso è ora che tu ubbidisca e ti fidi un po' di me.

6

L'ultimo mistero

Seduto sull'ultimo gradino della scala di pietra, Aziz stava rimuginando: «Ci scommetto che adesso zio Misha sta portando Ibrahim a vedere qualcosa che io non devo vedere. D'accordo, ho capito tutta la faccenda dei custodi e del segreto da mantenere… ma arrivati a questo punto è un vero peccato andarsene senza aver chiaro come stanno effettivamente le cose».

Quasi distrattamente si mise a giocherellare con la luce della torcia sui muri, seguendo il ritmo incerto dei suoi pensieri. Il fascio luminoso, muovendosi, gli rimandava le immagini dipinte, una dopo l'altra, velocemente, come fossero fotogrammi di una pellicola. Gli tornò in mente quella sensazione provata nel cunicolo inferiore: stava dimenticando qualcosa. Ma cosa? E perché quel dubbio era tornato a galla proprio adesso?

Ripercorse all'indietro il muro con il raggio di luce. Fu questione di pochi secondi: ma già mentre compiva quel breve movimento ebbe l'intuizione e capì di aver capito. La luce si fermò sul primo dipinto del corridoio, identico da un lato e dall'altro. L'aveva notato, entrando: come aveva potuto dimenticarlo? Dalle pareti lo guardava un ragazzino egizio, con il suo cranio rasato e il codino di capelli che scendeva sulle spalle. Il primo dipinto. Da lì in poi tutto cambiava. Il primo dipinto. Poi le statue di Anubi, i geroglifici del libro dei morti, tutti gli dei che Akhenaton aveva ripudiato... il primo dipinto. E l'unico. Il ragazzino teneva tra le mani il disco solare. Quello era l'unico punto di tutta quella grande tomba in cui compariva Aton!

«A chi verrebbe in mente che il segnale decisivo per venire a capo del mistero della tomba lo trovi subito, appena ci hai messo piede? Gli indizi si nascondono, di solito...» pensava Aziz. «Ma Akhenaton e Nefertiti non ragionavano come chiunque altro... però che segnale sarà mai? Cosa vorrà dire?»

Aziz allungò la mano per sfiorare il muro che aveva di fronte. Fece appena in tempo a pensare che magari stava prendendo un granchio gigantesco, quando un rumore ruppe il silenzio immacolato della tomba. Uno scricchiolio prima leggero, poi un po' più forte... infine, con uno stridio di pietra su pietra, davanti agli occhi sbarrati di Aziz, la parte di muro raffigurante il ragazzino arretrò di qualche centimetro e prese a scorrere, molto lentamente, parallela al resto della parete, fino a rivelare un passaggio nascosto.

Aziz si sentì calamitato al di là della parete; s'inoltrò un'altra volta nelle viscere oscure di quella incredibile montagna scavata migliaia di anni prima. Il cunicolo, spazioso, era completamente ricoperto di una bellissima sostanza azzurra, splendente, quasi fosse stato integralmente laccato. Il pavimento, dopo pochi metri, si inclinava verso l'alto e Aziz procedette in salita fino a raggiungere un ampio spazio piano, una specie di pianerottolo dove invertì la direzione di marcia e riprese a salire in senso opposto. Ma per poco. Il cunicolo, infatti, si andava allargando progressivamente e il soffitto si alzava, finché - superato un arco di contrafforti - immetteva in un ambiente che già da fuori si poteva immaginare vastissimo.

Ma anche lasciando correre la fantasia, Aziz non avrebbe potuto immaginare...

Aziz oltrepassò la soglia e, come quando si entra in una cattedrale, avvertì subito attorno a sé uno spazio enorme, riempito da un buio contro il quale la sua torcia poteva ben poco. Per quanto ruotasse il raggio di luce in tutte le direzioni, non arrivava a illuminare nulla. Mosso da quella stessa inspiegabile fiducia che l'aveva portato fin lì, proseguì, nell'oscurità. Di fronte a lui, pian piano, emerse una forma difficile da interpretare: una specie di enorme pancia rossa rigonfia, e poi, così in alto da non riuscire a rischiararne la fine, un collo ricurvo e flessuoso. Ricordava un drago, o un dinosauro come quelli visti nei film: ora gli occhi di brace di quell'essere lo stavano probabilmente osservando, là, in cima al collo. Ma il mostro non si muoveva, non respirava, non faceva rumore.

Quando finalmente Aziz si decise ad andare incontro al drago, si rese conto che la pancia era la parte finale di un corpo molto più grande, adagiato in quella gigantesca caverna: e capì. Quella che vedeva era sì una pancia, ma non di un drago: di una nave! O meglio: era la poppa della barca funebre di un faraone.

«È incredibile... chissà come avranno mai fatto a portarla fin qui? Ecco cosa significava l'ostrakon trovato da Margot! L'imbarcazione del faraone vola, si innalza, raggiunge la cima di una montagna:

un posto dove arrivano solo le ali degli uccelli, non certo i remi delle barche...»

Si trovava ormai all'estremo opposto, sotto la prua, dove le insegne dei faraoni erano grandi e variopinte e pendevano quasi fino a terra, cosicché Aziz non faticò a decifrare i cartigli di Nefertiti e Akhenaton.

Stava cercando una via per salire, scrutando la prua ricurva, quando ebbe una sensazione strana: qualcosa stava accadendo alle sue spalle. Si voltò di scatto, ma non c'era nessuno. Solo, più oltre in quella enorme sala, si stava disegnando nell'ombra qualcosa che prima non c'era: un grande cerchio, di un chiarore lattiginoso, appena percepibile.

«Com'è che prima, mentre camminavo, non l'ho visto?» si domandava Aziz.

Trascorsero pochi secondi e Aziz trovò la risposta. Una risposta che gli mozzò il fiato.

Il cerchio era un'apertura, perfettamente tonda («come il disco di Aton!»), e conduceva in un'altra sala. E quella sala - lentamente, ma inequivocabilmente - si stava illuminando.

Aziz avanzò, trattenendo il fiato. «Chi può esserci, lì dentro? Questa è una tomba egizia... non può esserci nessuno eppure... il chiarore sta aumentando!» Aziz era a due passi dalla soglia... e dalla soluzione del mistero della tomba di Nefertiti!

Lo accolse una sala circolare; le pareti e il soffitto formavano una mezza sfera, una enorme cupola ricoperta con chissà quali ricercatissimi materiali («turchesi, lapislazzuli e oro!» pensò Aziz) composti in maniera tale da riprodurre una splendida volta celeste, punteggiata da tutte le costellazioni. Sembrava di stare in piedi sospesi in un firmamento che andasse sbiadendo nella luce sempre più sicura dell'alba.

L'ambiente comunicava il senso di un luogo semplice, solenne, sereno, armonioso. Era di una bellezza perfetta.

Ciò che colpiva subito era, proprio dirimpetto all'ingresso circolare attraversato da Aziz, sul lato opposto della sala, in alto, il disco di Aton, d'oro lucido, imponente. Era diviso in quattro parti uguali da una croce greca, fatta probabilmente in oro rosso, più opaco, così che si stagliasse ben visibile. «Se è davvero tutto d'oro,» non poté che pensare Aziz mentre si avvicinava lentamente, quasi timoroso «deve valere una montagna di soldi...».

Ma fece solo pochi passi. Quasi a rimproverarlo per quel pensiero così gretto e materiale, la luce, fino a quel momento tenue e diffusa, cambiò di colpo. Alle sue spalle, partì come una lancia un fascio luminoso che attraversò la sala e andò a centrare il disco di Aton. Il disco prese a sfavillare quasi fosse un sole nascente. Raggi si irradiarono ovunque e l'intera sala sfolgorò di bagliori.

Aziz restò allibito per qualche secondo, non sapendo cosa aspettarsi. Ma null'altro accadeva. Allora si fece coraggio e avanzò verso il cerchio luminoso. Riparandosi gli occhi con una mano cercò di osservare meglio: proprio sotto al disco di Aton c'era una scultura, o meglio, una sorta di colosso, com'era in uso presso gli egizi. Seduti su un gigantesco doppio trono di granito nero, Akhenaton e Nefertiti erano stati raffigurati usando marmi di ogni colore, in modo da ottenere un effetto estremamente realistico che Aziz non aveva mai notato in nessun'altra opera d'arte. Ma le due statue non tenevano lo sguardo fisso davanti a sé, impettite in quella posa altera e autoritaria tipica delle statue dei faraoni; erano invece leggermente piegate di lato, rivolte l'una verso l'altra, in una posa plastica e del tutto naturale, come se si stessero avvicinando reciprocamente proprio in quell'istante: e si guardavano.

Ai piedi del trono, due sarcofagi. O forse no. Aziz si avvicinò. C'erano sì le due sagome dei defunti, ma non erano divise. Il sarcofago era unico: un lato raffigurava Nefertiti; l'altro Akhenaton. E Aziz, una cosa così, non l'aveva mai vista, neppure nei nostri cimiteri d'oggi: i volti dei due faraoni sorridevano. Un braccio solo di ciascuno era ripiegato sul petto nella caratteristica posa nella quale venivano solitamente rappresentati i defunti sui sarcofagi, l'altro era steso lungo il corpo, lievemente discosto, giusto quanto bastava per raggiungere il braccio del vicino, e le due mani si stringevano. Ad Aziz tornò in mente la poesia di Akhenaton:

E io e te ci rifletteremo
l'un l'altro per l'eternità
quando saremo nel luogo
che non ha bisogno della luce del Sole,
né della luce della Luna,
perché la gloria di Aton lo illumina sempre...

Giusto in quel momento, come era venuto, il raggio scomparve e la luce tornò bianca, e fredda.

7

Il messaggio di Akhenaton

Si era già fatto chiaro mentre Aziz, Misha e Ibrahim scendevano le pendici della montagna in direzione del camper.

– Non mi chiedere troppo, Aziz. Hai assistito a qualcosa che pochissimi altri hanno avuto il privilegio di vedere. Come si faccia ad attivare il passaggio segreto che ti abbiamo aperto verso la tomba… be', questo lo possono sapere solo i custodi… e infatti, ora, Ibrahim lo sa. E saprà farne buon uso, vero? – e Misha si voltò con un sorriso benevolo verso il figlioletto che lo seguiva.

– In effetti, zio, è stato bellissimo. Davvero. Ma allora, se ho capito bene, è stato il sorgere del sole a illuminare la tomba mentre ero là dentro…

– Esattamente. In perfetta sintonia con il credo religioso di Akhenaton, tutte le mattine un complicato e raffinatissimo sistema di specchi porta dalla cima della montagna la luce dell'alba verso l'interno, a diffondersi sulla cupola come se fosse un cielo stellato che pian piano si rischiara. Poi, quando il sole spunta, i suoi raggi vengono convogliati e, per così dire, amplificati in un unico fascio di luce che va a colpire il disco di Aton e da lì si riverbera in tutta la sala. È uno spettacolo che ti lascia a bocca aperta. Ancora adesso mi capita di sognarmi la prima volta in cui mio padre mi portò ad assistervi...

– Quindi gli egizi ci sapevano proprio fare con gli specchi... – intervenne Ibrahim.

– Certo che ci sapevano fare. Molti studiosi hanno supposto che il mezzo per illuminare i lavori condotti nel profondo delle tombe, soprattutto quelli svolti dagli artisti e dai decoratori, fosse costituito appunto da giochi di riflessi e rifrazioni che avrebbero convogliato la luce diurna, esterna, fin dentro i cunicoli. In effetti, torce e bracieri avrebbero rapidamente consumato tutto l'ossigeno presente, condannando a morte operai e pittori. Da tempo ci si chiede se questa ipotesi sia corretta o no... be', ora potete farvi un'opinione in proposito...

– Hbon-An-Nom deve averci messo tutto il genio

e le competenze che aveva per realizzare una cosa del genere...

– So solo che lavorò per anni al progetto e alla sua realizzazione. E lo fece in costante collaborazione con i due sovrani. Akhenaton non voleva una tomba come quelle dei faraoni che lo avevano preceduto: ma non tanto perché fosse uno stravagante quanto, piuttosto, perché pensava in modo diverso e credeva in cose diverse dai suoi predecessori. Ma non possiamo aspettarci che ideasse qualcosa di totalmente slegato dal tempo in cui viveva. Così, come avete visto, ci sono elementi vecchi e nuovi mescolati.

– Per esempio, la tomba finta, lo specchietto per le allodole – interruppe Aziz.

– Esatto. Ma quella idea, che non è certo una novità, è interpretata in modo piuttosto originale: la prima tomba è talmente perfetta, talmente simile alle tipiche tombe egizie che solo chi avesse conosciuto bene Akhenaton e Nefertiti avrebbe capito che non poteva essere vera.

– E poi c'è il doppio inganno! –. Aziz non riusciva a star zitto. – C'è una seconda tomba. Nascosta in modo molto intelligente. E chi la trova, a quel punto, pensa ovviamente di aver risolto il mistero. E poi, è talmente ricca, e... e... e fantasmagorica che...

– ...che – riprese lo zio – a nessuno dovrebbe venire in mente che ce ne sia un'altra... una terza...

– A nessuno che non conosca Nefertiti...

– A nessuno che non conosca Nefertiti come te, Aziz. Che hai saputo ascoltare la tua intuizione, il tuo cuore. E non era per niente facile. Perché anche qui c'è una specie di doppio stratagemma. Akhenaton fece costruire quella tomba con la sincera intenzione di rendere omaggio alla sua sposa e a tutto ciò che l'aveva resa così intensamente presente nella sua vita: i suoi oggetti, il suo giardino, la sua bellezza, le sue azioni di tutti i giorni. Nefertiti, poi, collaborò attivamente alla ideazione di quella parte del progetto. È a tal punto evidente che quello è il luogo di Nefertiti che è difficile farsi venire il dubbio che non abbia scelto di riposare lì per sempre.

– Ma quella, appunto, è la rappresentazione della sua vita terrena. Niente di più. Non c'è niente che faccia pensare all'aldilà. Infatti non c'è traccia di Aton. E soprattutto non c'è traccia di Akhenaton!

– Se ci pensi, in ciò sta l'idea più geniale. Non ti sei chiesto come mai quasi nessuno parli della tomba di Akhenaton? Come mai anche gli studiosi più intelligenti, come Livingstone, o in fondo lo stesso Krunz, riuscissero al massimo a mettersi sulle piste della tomba di Nefertiti ma non di quella di suo marito? Era pur sempre lui il faraone...

– ...

– Perché una tomba di Akhenaton, semplicemente, non c'è. C'è quella di Nefertiti: di quella si possono trovare le tracce. Ma di quella di Akhenaton, no. Perché, propriamente, una tomba di Akhenaton non è mai stata costruita. Nell'idea di avere una tomba in comune, i due faraoni trovarono anche un ennesimo espediente per salvaguardare il luogo della loro sepoltura. Se anche qualcuno fosse arrivato a cercare nella montagna la tomba di Nefertiti, bene: l'avrebbe trovata. E si sarebbe accontentato di quello. Intendiamoci: loro avevano in mente i ladri, i profanatori dei loro tempi. Una équipe di moderni ricercatori, probabilmente, prima o poi individuerebbe anche l'ultimo passaggio segreto. Ma Hbon-An-Nom non poteva immaginarsi i mezzi tecnologici e la caparbietà delle indagini condotte dagli archeologi del Duemila: a dir la verità, se ci pensate bene, non poteva neppure immaginarsi l'archeologia!

– Lo sai, zio? Non sono convinto che sarebbe un bene se gli archeologi potessero curiosarci dentro. Di tombe aperte e saccheggiate, forse, ce ne sono già abbastanza. Grazie alla scoperta di quella di Tutankhamon, poi, il mondo intero ha potuto anche vedere com'era un sepolcro faraonico inviolato. Mi pare che possa bastare...

– Credo anch'io – rispose Misha sorridendo. – E per almeno due motivi: prima di tutto perché una sepoltura è qualcosa che merita rispetto, che sia di un faraone o di un uomo qualunque, che sia dell'altro ieri o di tre millenni fa. E poi perché non è detto che una cosa bella prodotta nell'antichità debba per forza essere portata alla luce: almeno finché non avremo imparato ad apprezzarla nel modo giusto.

I tre camminarono per un po' in silenzio. Già cominciava a farsi sentire il caldo.

Fu Aziz a fermarsi, per prendere fiato e asciugarsi il sudore con il dorso della mano.

– Un'ultima cosa, zio, prima che arriviamo. Quel sarcofago... con quel sorriso? E quelle due mani strette l'una nell'altra...

– Sono contento che tu l'abbia notato, perché forse quello è il messaggio più forte e più bello che ci hanno lasciato Akhenaton e Nefertiti. Loro due sentivano di non avere più nulla da temere dalla morte. La loro religione non era più quella tipica dell'Antico Egitto: il dio-sciacallo, la necessità di farsi mummificare, gli oggetti da portare nell'aldilà, mille complicate formule rituali da imparare da vivi per recitarle perfettamente da morti come unico mezzo per essere accettati nell'altro mondo e non restare a vagare per l'eternità nel nulla... la loro era una religione di sole, di luce, di vita, di rinascita quotidiana e di rinascita anche per i defunti...

– Sembra un modo di pensare molto attuale. E anche quella croce che taglia in quattro il disco solare nella tomba...

– Alt, alt. Non esagerare. Il simbolo della croce non aveva certo allora il valore che ha oggi. Però è curioso che quel simbolo venga già usato più di tremila anni fa. Piuttosto, se ci rifletti, anche qui trovi la soluzione per un altro enigma di questa vicenda. Ti ricordi la tomba scoperta da Livingstone... i giornali dissero che tutte le decorazioni delle pareti erano state cancellate secoli fa dai copti. Lo dissero perché in molti altri casi era andata così e, siccome anche sui muri della tomba di Hbon-An-Nom era stata trovata una incisione con quella forma, lo presero per un indizio certo. Ma ormai avrete capito che quella spiegazione, stavolta, non era corretta. La croce c'era da sempre e non era stata aggiunta dai copti.

– E quindi?!

– Goffrey non aveva venduto le informazioni sulla dislocazione della tomba solamente a Krunz, ma anche a qualcun altro, il quale, sapendo che i bassorilievi sulle pareti non erano semplici disegni decorativi ma una vera e propria mappa per la sepoltura di Nefertiti, ha pensato bene di cancellarli.

– Allora la tomba di Akhenaton è ancora in pericolo! Chi ha visto la mappa potrebbe arrivare a scoprirla!

– State tranquilli. Non credo che andrà così. Chi ha distrutto i bassorilievi non ha nessun interesse che la tomba venga portata alla luce.

– Ma chi può comportarsi in questo modo?

– Ascoltate. Io non so chi esattamente abbia comprato le informazioni in possesso di Goffrey. Però mi è chiaro perché lo ha fatto. Con molti archeologi il professor Livingstone entrò in dure polemiche perché negavano le teorie sulla religione di Akhenaton come primo culto monoteista della storia. Giurerei che qualcuno di loro ha pagato Goffrey, ha raggiunto la tomba di Hbon-An-Nom e ha fatto piazza pulita della mappa muraria. Certo, rimaneva il problema di Livingstone, che la conosceva a menadito. Ma è probabile che, alla notizia della sua morte *accidentale*, si siano messi il cuore in pace. Difficile che sospettassero la presenza in zona anche di Krunz. Così come è molto difficile che ora si diano la briga di venire a scavare da queste parti per cercare qualcosa che non vogliono che venga trovato…

– Ho capito. Ma cosa intendevi quando parlavi del messaggio più bello lasciatoci da Akhenaton e Nefertiti? Pensavi a quanto è moderna la loro religione?

– Be', mi chiedevi dello strano atteggiamento in cui sono raffigurati i due sul sarcofago. Sorridono perché ciò in cui credono li rende sereni di fronte alla fine della vita, certo. Ma sorridono anche perché, nell'aldilà, sono convinti che si ritroveranno. E davanti a una prova terribile come la morte, trovano sicurezza in quel gesto semplice e sicuro: stringere la mano della persona amata. Akhenaton e Nefertiti si amavano, e il legame di chi si ama dura per l'eternità. Non c'è niente di più forte. Questo, mi piace pensare, è il messaggio che si legge nella tomba col disco di Aton.

Può sembrare incredibile, ma le spiegazioni con Margot e Patrick andarono molto più lisce e rapide di quanto Aziz avesse temuto. Se non ci credete, è perché non avete idea dell'effetto che può produrre il 50% di sangue egiziano nella sensibilità di una ragazza e dell'effetto che può produrre in certi casi la sveglia mattutina sulle capacità di reazione di Patrick.

Patrick, appunto, era in una di quelle mattine che ci volevano le cannonate per tirarlo giù dal letto.

Avanzò qualche assonnata e blanda protesta solo quando capì che sarebbero tornati immediatamente a casa, ma bastò un ordine imperativo di Misha e uno sguardo inequivocabile di Aziz per farlo tacere.

Quanto a Margot... be', Margot e Misha si appartarono per qualche minuto. Aziz li osservava da lontano. Margot all'inizio gesticolava infervorata, poi, man mano, si calmò e restò ad ascoltare Misha, guardandolo fisso. Lì scattò l'effetto della sua metà di sangue egiziano: mentre lui le raccontava quel che poteva, lei gli lesse negli occhi la profondità dei secoli, le generazioni che si susseguivano, il fluire del Nilo e il succedersi instancabile delle sue piene, la ricca dignità della storia del suo Paese... e si fidò. Istintivamente.

Quando si riavvicinarono al camper, Aziz fece solo in tempo a cogliere le ultime raccomandazioni di Misha: – Allora d'accordo? Tu non sei mai stata qui. E non sai nulla di preciso delle tracce individuate da Livingstone nel corso delle sue ricerche... –. Non seppe mai cosa esattamente lo zio avesse raccontato alla giovane archeologa: ma, evidentemente, almeno un po', anche Misha si era fidato di lei.

Non si può dire che quello di ritorno fu un viaggio allegro. Margot guidava taciturna dietro i grandi occhiali da sole.

Ciascuno inseguiva i propri pensieri. Tranne Patrick. Non era proprio giornata: lui dormiva. C'erano tante domande in sospeso tra i membri di quello strano equipaggio, ma quasi nessuna venne tirata fuori: ci sono domande che è meglio che restino sospese. Ma ci sono anche risposte che si possono dare senza parlare.

Arrivarono al Cairo che già era sera e, il pomeriggio dopo, il volo di ritorno per Parigi attendeva Aziz e Patrick. Quando scesero dal camper per il commiato, era difficile trovare le parole. Dopo i saluti, Ibrahim e Patrick scaricarono gli zaini e cominciarono a trascinarli su per le scale di casa. Aziz restò lì, sul bordo della strada con Margot. Fu allora che infilò una mano in tasca e, tiratone fuori un oggetto avvolto in un fazzoletto (a dir la verità, non troppo pulito), glielo tese. Lei lo prese e si trovò tra le mani un fermaglio per capelli: era splendido e doveva essere antico, antichissimo. Aziz arrossì: nella tomba non aveva resistito a quella tentazione: – È un regalo… ho pensato che te lo meritavi… – fu tutto quel che gli riuscì di dire.

È possibile che Margot avesse ancora dei dubbi sulla veridicità di quel poco che le era stato raccontato, ma in ogni caso in quel momento sparirono del tutto. Guardò Aziz con un sorriso e scosse il capo, come a dirgli: «Questa proprio non dovevi farla...» ma subito dopo gli stampò un bacio sulla fronte e se lo abbracciò, tenendolo stretto a lungo. Aziz scoprì che si può arrossire molto di più che per un furto.

– Ciao, piccolo faraone – gli sussurrò alla fine Margot, appena prima di salire sul camper e ripartire.

Epilogo

A: pesciolinarossa@francemail.fr
Da: squalopat@intermail.com
Oggetto: Di corsa, prima della partenza

Cara Julie,

ultimo giorno al Cairo.

Gli eventi degli ultimi tempi sono stati tanto frenetici che non provo neppure a descriverteli. Te li racconterò di persona, anche se, a dir la verità, il finale di questa avventura deve essermi sfuggito. Come mai? Prometti di non prendermi in giro: stavo dormendo. Non la solita cosa di quando non riesco a svegliarmi al mattino: tutto è successo di notte. Potrei sbagliarmi, ma credo che Aziz, invece, sappia tutto. Cercherò di strappargli quel che sa. Oggi pomeriggio parto per Parigi, e stasera sarò ad Artoux. Domani mattina, appena posso, ti verrò a trovare.

Ciao,

Patrick

La mattina dormirono tutti fino a tardi, stremati dagli eventi del giorno prima. Tutti... tranne l'unico ben riposato: Patrick. Lui ebbe così il tempo di andarsene ancora un po' a zonzo, spedire l'ultima e-mail a Julie e passare ancora una volta al museo, gironzolando pensieroso nei posti da cui era partita quella incredibile avventura, della quale, però, sentiva con disappunto di essersi perso il finale.

Tornato a casa, trovò Aziz indaffarato a fare i bagagli: le ore precipitavano a rotta di collo verso il momento della partenza... Come spesso succede, poi, all'aeroporto tutto fu ancor più concitato: la consegna delle valigie, il ritiro dei biglietti, l'attribuzione dei posti... finì che si trovarono alla dogana, pronti per essere imbarcati.

C'erano un mucchio di cose che Aziz avrebbe voluto dire allo zio. E un mucchio di cose che Misha avrebbe voluto dire al nipote. Ma...

– *Ultima chiamata per il volo AF 27-2-63 delle ore 16.25 per Parigi... ultima chiamata per il volo AF*

27-2-63 delle ore 16.25 per Parigi… i passeggeri sono pregati di affrettarsi… – gracchiò l'altoparlante.

– Aziz, ogni volta che vorrai tornare, sai che sei il benvenuto… e anche tu, Patrick!

– Tornerò ancora, zio. Promesso. Tornerò.

– Ma soprattutto fammi sapere come reagirà tua madre nel vederti così, rapato e con il codino! – scherzò Misha spingendoli al di là della barriera.

Aziz si girò una volta sola, giusto prima di imboccare il tunnel d'accesso all'aereo. Vide lo zio accennare un gesto di saluto e, appena per un attimo, tra la folla assiepata dietro la parete di vetro in attesa dei passeggeri in arrivo, gli parve di scorgere una massa di capelli neri ondeggiante. Ma, appunto, fu solo un attimo. Aziz sorrise, scoprendosi a pensare: «Sarà stata Margot o… Nefertiti?».

Nella sala d'attesa qualcuno ha abbandonato un giornale. Alcuni fogli sono scivolati a terra, si riesce a leggere un breve trafiletto:

CHIUSO IL CASO LIVINGSTONE, L'ARCHEOLOGO TROVATO MORTO NELLA TOMBA DI TELL EL-AMARNA

10 agosto

Sono passati solo pochi giorni dall'atroce morte del professor Livingstone e già sembra che tutti se

ne siano dimenticati. La polizia ha archiviato il caso, con la certezza che il famoso archeologo sia stato vittima di uno sfortunato incidente. Pare dunque definitivamente accantonata l'ipotesi che ci fossero collegamenti tra le teorie di Livingstone e le strane vicende dei giorni scorsi. Dobbiamo segnalare che non ci è stato possibile interpellare in proposito l'altro specialista della riforma religiosa di Akhenaton, il professore tedesco Uhli Krunz: infatti è partito da Berlino più di un mese fa, dicendo di doversi recare in Sudamerica per una ricerca sulle civiltà amazzoniche, e da allora non ha più dato sue notizie.

Se possiamo chiudere con un gioco di parole un po' macabro ma appropriato, pare proprio che sulle teorie dell'archeologo inglese possiamo metterci... una pietra sopra.

L'aereo sta rollando sulla pista di decollo. È trascorsa ormai quasi un'ora da quando Patrick e Aziz si sono seduti. Patrick ha tentato almeno una decina di volte, senza successo, di farsi confidare dall'amico gli avvenimenti della notte misteriosa.

Ancora una volta riparte all'attacco: – E dai, Aziz! Me lo vuoi raccontare una buona volta cosa è successo l'altra notte? Dai che sto morendo dalla curiosità!

È proprio vero: quando vuole, Patrick sa essere testardo!

– Senti, facciamo così – risponde Aziz con un sospiro. – Tu lo sapresti conservare un segreto se te lo confidassero dicendo che è assolutamente vitale che resti segreto e tu non lo devi rivelare a nessuno, a nessunissimo, neanche al tuo migliore amico, a quello che stimi di più, di cui ti fidi di più, a cui vuoi più bene?

– Certo – esclama Patrick con un sorriso speranzoso e accattivante.

– Be', anch'io.

Il Cairo, vista dall'alto...

Cosa c'è dietro Nefertiti

Dove si racconta qualche particolare su questo romanzo e sulla condizione della donna nell'Antico Egitto

Tutto quello che in questo libro hai letto sul regno di Akhenaton e Nefertiti è vero, o è comunque fondato su teorie storiche e rilevazioni archeologiche. Tutto, o quasi: i nostri interventi si riducono a poca cosa.

Anche la statua di Nefertiti che colpisce tanto Aziz al museo del Cairo esiste realmente. Noi l'abbiamo vista in una mostra a Firenze, dove era in compagnia di un busto di Akhenaton e dove, nel guardarli, abbiamo provato le stesse sensazioni di Aziz. Da lì, e naturalmente da un viaggio in Egitto, è nato questo romanzo.

Il fascino di Nefertiti (nome che significa non a caso "La bella è arrivata!") che emana da questa statua - come da un'altra, famosissima, che è conservata a Berlino - ha dell'incredibile: non si può fare a meno di sentirsi rapiti da un'opera d'arte che da un passato profondissimo ci racconta una bellezza così viva e attuale. D'altra parte, tutto il periodo della riforma di Akhenaton fu straordinario: oltre che in senso religioso, anche dal punto di vista artistico. Fu una vera rivoluzione: un soffio di libertà fece entrare in scena emozioni e movimento, e le immagini egizie si animarono.

Nefertiti è tutto questo: è una regina che non sta immobile sul trono, che si muove tra la sua gente. Guida i carri e va a caccia, ma piange anche sulla tomba di una figlia. Fa cose proprie di un faraone, ma continua a fare ciò che fa una donna normale. Attraverso Nefertiti abbiamo scoperto almeno due cose che ci sembrano importanti e che vorremmo trasmettere ai lettori di questo libro.

La prima è che l'arte egizia ha prodotto capolavori superlativi, molto superiori alle migliaia di figure messe di profilo, un po' rozze, con la quale - sbagliando - siamo soliti associarla.

La seconda è che la figura di Nefertiti, pur nella sua eccezionalità, ci aiuta a capire come la condizione della donna nell'Antico Egitto fosse molto più progredita rispetto a quella di civiltà anche successive (come quella della Grecia classica, quasi mille anni dopo!).

Per quanto il ruolo di capofamiglia fosse prerogativa maschile, la donna aveva da molti punti di vista gli stessi diritti dell'uomo: poteva concludere contratti, partecipare ai processi, assumere la tutela di un figlio e lasciare in eredità il proprio patrimonio. Era inoltre una vera e propria "signora della casa": svolgeva attività domestiche - o, se era di estrazione sociale elevata, sovrintendeva a esse - e le sue idee erano determinanti nell'educazione dei figli.

Anche le donne potevano salire al trono e non poche sono state le regine: basti ricordare la mitica Cleopatra...

Alcuni studiosi ritengono che Nefertiti fosse addirittura la vera responsabile delle principali decisioni di Akhenaton.

Le donne potevano anche ricoprire cariche religiose: le sacerdotesse erano figure non frequentissime ma di spicco nella società egizia, come fondamentale era il ruolo delle suonatrici e delle danzatrici durante i riti in onore degli dei.

Come in molte altre civiltà antiche, anche in Egitto la maggior parte dei matrimoni era combinata dalle famiglie, ma molte tracce indicano che esistevano anche matrimoni d'amore, liberamente determinati dalle inclinazioni dei due giovani. E in ogni caso la cultura egizia aveva predisposto delle forme di tutela per la donna che fosse rimasta vedova o fosse stata abbandonata dal marito.

Naturalmente non era tutto rose e fiori: molti aspetti retrogradi (come per esempio la possibilità di ripudiare la moglie che non poteva avere bambini...) emergono anche nell'Egitto dei faraoni, ma ricordiamoci comunque che stiamo parlando di una società di più di tre millenni fa.

Ma a noi piace pensare ancora a Nefertiti in piedi sul suo carro, mentre sfreccia nel sole per le strade polverose di Tell el-Amarna, con la capigliatura al vento, lanciando esclamazioni di felicità. E quando la immaginiamo così, nell'osservare le immagini che di lei l'archeologia ci ha restituito, ci sembra che non sia per niente lontana e che ancora ci stia guardando: di tanto in tanto, come ad Aziz, anche a noi capita di voltarci di colpo e, alle nostre spalle, cogliere il movimento fugace di una sagoma familiare.

Poi riprendiamo a camminare tra la folla ignara di tutto, ma un dubbio ci rimane nel cuore.

Colombo & Simioni

Indice

Chi sono...

PAOLO COLOMBO E ANNA SIMIONI

Paolo Colombo è nato nel 1961 a Milano, dove vive. È professore di Storia all'Università ed è autore di molti libri sugli argomenti dei suoi studi. Ha lavorato per la Tv e si è inventato un modo per raccontare la storia in maniera appassionante nei teatri. Da vent'anni ormai, insieme a sua moglie Anna Simioni, scrive anche romanzi per ragazzi. Gli piace il calcio e le patatine fritte.

Anna Simioni è nata nel 1963 a Siracusa, ma vive a Milano da quando aveva 10 anni. Si è laureata in Economia e ha lavorato, anche all'estero, come consulente e come dirigente in una grande azienda. Negli ultimi tempi si è inventata un nuovo tipo di scuola. Da vent'anni ormai, insieme a suo marito Paolo Colombo, scrive anche romanzi per ragazzi. Le piace il mare e la compagnia degli amici.

Chi è...

LILIA MICELI

È nata a Torino nel 1991, dove vive. Si è diplomata nel 2011 al Liceo Artistico e ha conseguito il diploma in animazione 2D al Centro Sperimentale di Cinematografia.
Lavora come illustratrice di libri per bambini e ragazzi. È cofondatrice di Gusci artigianato illustrato con cui realizza ceramiche e cuce stoffe illustrate.

Per fare un libro ci vuole...

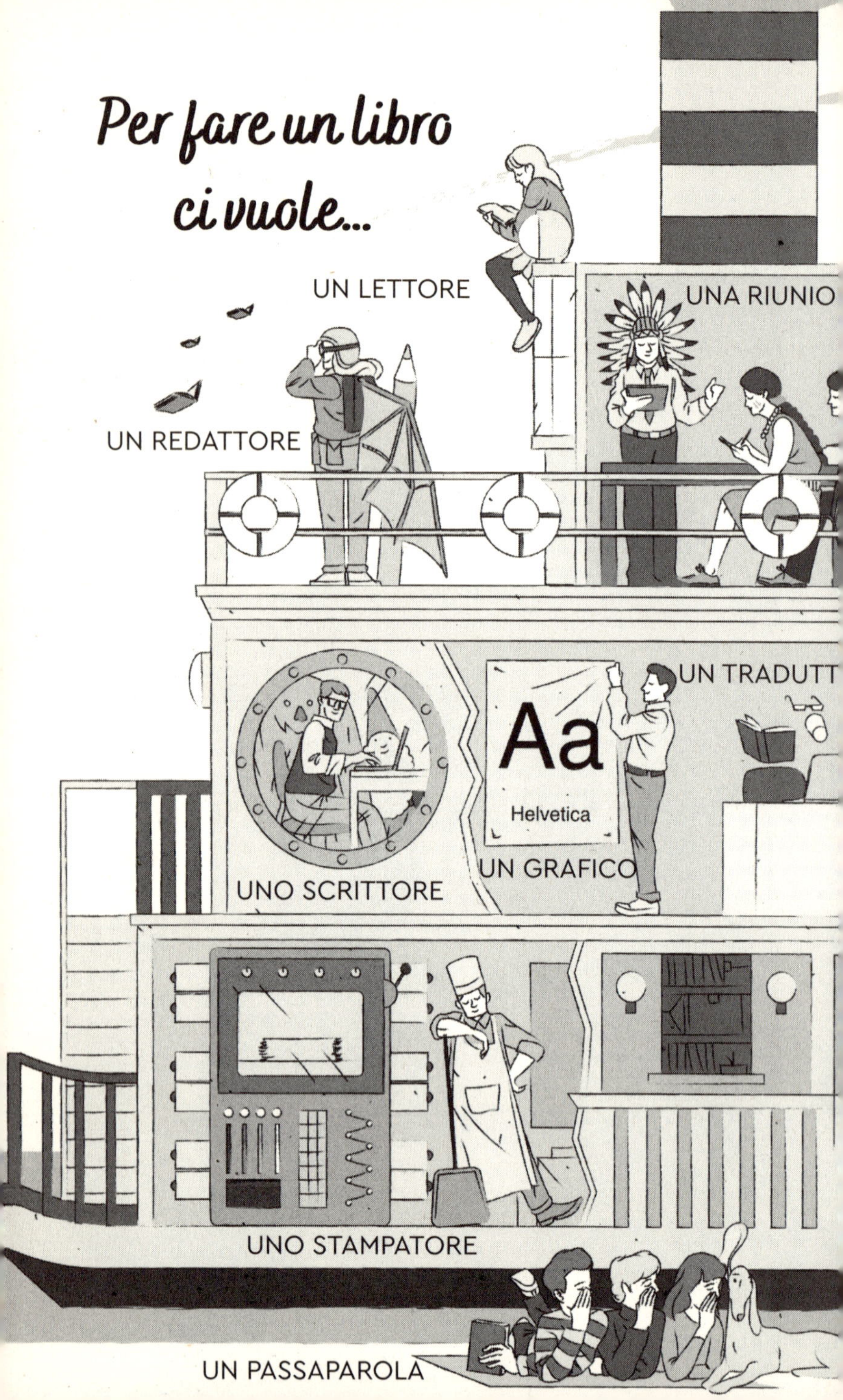

UNA STORIA
UN EDITOR
UN ILLUSTRATORE
battello
a vapore
UN LIBRAIO

Per fare un libro ci vuole...

UNA RIUNIONE

Un proverbio africano dice che per crescere un bambino serve un villaggio. Ne serve uno anche per far crescere un libro.
Nei villaggi dei libri, però, le persone non si ritrovano attorno al fuoco, ma attorno a un tavolo. Questo momento si chiama riunione. Le persone si riuniscono per parlare del libro e come farlo crescere grande e forte. Dopo molte riunioni, il libro va in stampa e da lì nelle mani dei lettori.
A quel punto il villaggio è contento perché pensa di potersi riposare. Invece no. È già arrivato un altro scrittore che esclama: "Ho trovato una storia bellissima!". Ed ecco che inizia una nuova riunione...

(...per fare un libro ci vogliono molte persone e tante idee. Scoprile tutte negli altri libri!)

Se ti è piaciuto questo libro...

LEGGI ANCHE

Paolo Colombo e Anna Simioni

IL MISTERO DELLE VOCI PERDUTE

Un professore scomparso, strani rumori che provengono dal passato: Gemma e Riky devono indagare e fare molta attenzione...

Paolo Colombo e Anna Simioni

L'AMICO DI JESHUA

Jeshua sembra un ragazzino come tutti gli altri, ma fin da piccolo dimostra di avere dentro di sé qualcosa di speciale.